AFASTAR-SE PARA PERTO

Marcelo Ariel

AFASTAR-SE PARA PERTO

Ficção-Vida

Copyright © 2024 Marcelo Ariel

Afastar-se para perto: ficção-vida © Editora Reformatório

Editor:
Marcelo Nocelli

Assessoria editorial:
Heidi Strecker

Revisão:
Marcelo Nocelli
Natália Souza

Foto de capa:
Pegasus, De' Barbari Jacopo

Design, editoração eletrônica e capa:
Karina Tenório

Dados Internacionais de Catalogação na Publicação (CIP)
Bibliotecária Juliana Farias Motta CRB7/5880

Ariel, Marcelo, 1968-
    Afastar-se para perto: ficção – vida / Marcelo Ariel. – São Paulo:
Reformatório, 2024.
    200 p.: il.; 14x21 cm.

    ISBN: 978-85-66887-78-5

    1. Literatura brasileira. I. Título: ficção – vida.
A698a   CDD B869.3

Índice para catálogo sistemático:
1. Literatura brasileira
2. Contos brasileiros
3. Ensaios brasileiros
4. Miscelânea

Todos os direitos desta edição reservados à:

EDITORA REFORMATÓRIO
www.reformatorio.com.br

À criança que és em sua luta perene
para permanecer dignamente viva

Sumário

Nota do autor, 9

LIVRO 1
RASKH OU O NÓ DE FUMAÇA É O NÓ DE SONHO, 11

LIVRO 2
O TRIUNFO DE CUBATÃO – Narrativas, 91
O vão, 93
A Tessitura, 99
Depoimento de Oswald de Andrade ao M.I.S., 103
O clarão, 107
Rimbaud: uma entrevista, 109
O anjo de vidro, 112
O triunfo de Cubatão, 116
Diálogo dentro do halo, 130
Shakespeare, breve conto em forma de ensaio-monólogo, 132
3 Paródias de Franz Kafka, 145
Walter Benjamin fala sobre Hilda Hilst na USP, 148
Roberto & Bolaños, 158
Glauber Rocha transcrição do horário político eleitoral, 160
O Francês e o Capitão, 162

LIVRO TRÊS

A PRÁTICA DO POEMA COMO UM ARCO ENTRE O CÉU E A TERRA –

Um ensaio místico-político, 165

O que torna um poema um poema, 167

O eu do poema é um outro, 171

Como dar voz para a/o poeta que vive em nós, 173

A alma do poema e a alma das palavras, 174

Teoria do poema como um campo híbrido, 175

Como perder o contorno sem perder a presença?, 179

A teoria do ritmo: música involuntária e angelitude animal, 185

Adendos, 187

Posfácio, 193

Nota do autor

AFASTAR-SE PARA PERTO Ficção-vida é a continuação do meu livro NASCER É UM INCÊNDIO AO CONTRÁRIO, trata-se de uma literatura híbrida, onde a convergência entre gêneros é parte radical da construção tanto de uma ensaística breve quanto de uma literatura livre. Este livro é composto por três livros que dialogam entre si e se cruzam formando uma tessitura. O primeiro RASHK OU O NÓ DE FUMAÇA É O NÓ DE SONHO é composto por notas e aforismos escritos durante o ano de 2021 na plataforma Instagram e depois reescritos aqui. Creio ser possível uma depuração e transfiguração de tudo o que é postado nas redes na direção de uma poiesis da comunicação. O segundo O TRIUNFO DE CUBATÃO é uma série de narrativas ficcionais que se dobram para a própria literatura. E o terceiro livro A PRÁTICA DO POEMA COMO UM ARCO ENTRE A TERRA E O CÉU é um ensaio sobre a criação poética derivado de cursos que tenho ministrado ao longo de dez anos.

LIVRO I

* RASKH OU O NÓ DE FUMAÇA É O NÓ DE SONHO

*Raskh é uma palavra em persa que significa 'migração da alma humana para uma árvore, planta ou pedra'.

As revelações da tua exteriorização/
não podem ser apreendidas ou captadas;
Ibn 'Arabi

Louvado sejas ninguém. Por ti queremos florescer
Paul Celan

"Sangue juvenil é sinônimo de amor em ascenção"
Red Hot Chilli Peppers

Milton Santos já dizia que nada incomoda mais 'os donos do Brasil' e consequentemente 'os donos da Cultura' do que um intelectual negro, nem mesmo com a 'arma de guerra' de uma chancela acadêmica de um diploma ele é aceito dignamente. Imaginem um intelectual negro autodidata, um poeta negro para estes senhores e senhoras feudais independente da sigla ou tendência ideológica que predomina em seus discursos. É uma figura que não produz empatia em suas cartografias e catálogos de normas de conduta das minorias, fala-se em inclusão de minorias, sim, mas percebo que são minorias formadas por brancos que já compõe há séculos a ocupação das bordas do poder e agora são aceitos como 'parte das forças componentes de um marketing do álibi' de nossas sociedades excludentes, o sistema industrial da produção dos chamados 'bens culturais' precisa deles, para obter 'selos éticos', o que sinto é que este mesmo sistema industrial de produção que não se harmoniza com as Poéticas em suas raízes originárias, no fundo está estudando estas com o intuito de anular qualquer possibilidade de formação de novos agrupamentos e povoamentos que seriam ameaças para seu projeto e práticas de controle e opressão, dentro de um quadro nefasto como este, um poeta negro que não opta pelo bom mocismo conciliatório no cerne de suas criações, segue um caminho único e solitário no meio do deserto. Dia destes, uma amiga me dizia após voltar da palestra de um astrônomo ou astrofísico: 'Você sabia que os cometas são negros?'

"O corpo humano compõe-se de muitos indivíduos (de naturezas diferentes), cada um dos quais é também altamente composto. (......) O corpo humano tem necessidade, para conservar-se, de muitos outros corpos, pelos quais ele é como que continuamente regenerado."

A *Ética* de Spinoza, na versão de Tomas Tadeu, é o livro que mais leio e releio. Um verdadeiro sutra. A palavra 'corpo' nele tem uma conotação sagrada, porosa e a palavra 'Deus' uma aura orgânica, material. Spinoza promove um deslocamento 'para fora das metáforas', do corpo e de Deus, para dentro da natureza, ou seja, para suas 'interioridades'. Trata-se de um livro-ramagem. Ao considerar, segundo a ordem da geometria Spinoza, traçar linhas que expõe um desenho dos estados de entrelaçamento possíveis.

O mercado (e o mercado editorial é parte dele) apesar dos surtos de inclusão, é totalmente refratário a diferenciação (leia-se alteridade). Segue tendências falsamente inclusivas, ou seja, cria guetos como novas vitrines exclusivas, novas categorias, devidamente maquiadas para não perturbarem o senso comum, tudo tendo como base a ideia do autor como celebridade, do domínio público como lucro privado, do marketing como principal ética vetorial tentacular, ou seja, você vende seu eu-marca agregado aos valores da classe média, e escreve segundo as demandas que o eu-mercado aponta a partir das tendências falsamente inclusivas. Artistas (este termo está gasto, eu sei) dizem amém para todas as estratégias do mercado de nivelar e anular as diferenciações. Um intelectual negro (sim, são categorias, eu sei) que atua fora do lugar, atua de modo coerente com sua emanação no mundo, com sua natureza, porque como disse recentemente meu amigo Manoel Ricardo de Lima em um diálogo no evento Raias Poéticas: "a poesia é fora, talvez seja uma anti força do fora. " Completo: livros escritos (ou qualquer obra de arte criada) dentro de uma ética da diferenciação jamais serão 'apenas produtos' e existirão em tensão constante com o mercado, criando inclusive uma faixa de leitores da diferenciação, leitores estranhos. Penso nos livros do próprio Manoel, nos livros do grande Vicente Franz Cecim, e nos livros de Maria Gabriela Llansol, por exemplo. Flores que nascem e florescem debaixo da terra, fortalecidas pelas águas dos rios soterrados.

Meu amigo Gilberto Mendes costumava dizer que eu era 'o homem mais enigmático que ele havia conhecido'. E ele havia conhecido muitas pessoas, nunca soube se era um elogio ou o contrário, ele sempre dizia isso num tom sério. Um dia perguntei se havia outra pessoa que ele poderia comparar comigo e ele respondeu com uma frase que agora faz mais sentido ainda 'poderíamos ser qualquer um dos personagens de *Os demônios* de Dostoievski'. Compreendi como quem sai de uma neblina para uma clareira que o enigma é uma espécie de 'borda do diálogo'. Saudades do Giba e de tantos amigos que se foram. A pandemia potencializou até as perdas que aconteceram antes dela. A tragédia muda todos os tempos, ela tem a força de uma resposta necessária dita em uma língua que não conhecemos e que traduzimos com dificuldade em outro tempo. E o anjo da história aparece no meio da noite e pergunta: Você prefere a esfinge ou o minotauro?

O Sol é a mãe das clareiras e dos abismos, acordei cedo vindo do mar de sonho e algaravias — hahahaha — rir já é a iluminação e o vislumbre da infinita tessitura. A aura do céu é azul, mas a pele dos universos é negra. O Sol é o projetor e os planetas são os filmes, os grãos e o pensamento exteriorizado dos órgãos.

A branquitude burguesa quando por algum motivo se vê obrigada a trabalhar com um negro, sempre encontra um jeito de desclassificar esse negro em seus "discursos amigáveis". Se um negro, segundo os conceitos dos brancos, erra em algum momento, ele sempre será lembrado disso, mesmo que sua capacidade esteja muito acima do nível dos brancos em diversas áreas. Obviamente para romper com os pactos de subalternidade criados pela branquitude, os pretos e pretas não precisam necessariamente deixar de se relacionar com os brancos e brancas, mas é necessário sempre lembrar aos brancos e brancas quando eles estão sendo racistas sem se darem conta disso e o quanto a defesa da imaculada classe burguesa está entranhada no corpo moldado pela branquitude. São Paulo nunca saiu da Casa Grande e a burguesia paulistana que, de certa forma, edita o Brasil, não sairá dela, mesmo que ela esteja em chamas.

> "De facto, é a própria alma que a voz chama no outro. É assim que ela faz vir o sujeito, mas não o instala ainda. Pelo contrário, evita-o. Não apela a alma a ouvir-se, nem a ouvir e entender nenhum discurso. Chama-a, o que apenas quer dizer que a faz tremer, que a comove. É a alma que comove outro na alma. E é isso uma voz."
>
> **Jean-Luc Nancy**

Seu nome é ninguém, responde o Ciclope ou o ciclone. A paixão ergue na luz uma escultura invisível através da voz daquilo que se ama. Seja uma pessoa, uma paisagem, uma árvore ou um animal. O sonho é o mapa de um refúgio fora dele. O poema é o mapa de um refúgio nele: o céu de Terra. A onda que nos ultrapassa e nós: as/os surfistas da elevação até o corpo. O corpo não é triste, vamos ler todos os poemas sem 'eu' escritos pela Alma. "Mater dulcíssima, ora scendono le nebbie, il Naviglio urta confusamente sulle dighe". E cada qual que retome a vida, diz a vida. Platão sussurrou para Safo: "Saia da República e vá ter com os arquétipos, vós que estais acima dos deuses". A luz das estrelas nos chega bem depois, como a das rosas.

A sensação que tenho é a de que era mais velho há quatorze anos atrás, nós realmente não possuímos nenhum grau de parentesco com nossa imagem congelada no tempo, há mais estranhamento e 'outridade' na imagem que resiste a ser registrada por causa de seu movimento vertiginoso no oceano de agoras ou de instantes-já, para usarmos um conceito clariceano de tempo, do que nessa imagem que retorna como a de outro. Rimbaud ao reconhecer o si mesmo como uma instância do estranhamento 'Je est un autre', estava de fato realizando o reconhecimento dessa distância estelar que existe entre nosso eu, o gênio do nosso nascimento e a imagem topológica que de tempos em tempos, ressurge como uma canção da qual esquecemos a letra, mas lembramos a melodia.

A transcendência prometida pela paixão se realiza no gesto que a ultrapassa. Em uma possível síntese que torne a generosidade uma energia da atenção. A ideia de síntese exige a perda de um centro que não é o equivalente da perda de contorno no mundo. No lugar do centro poderíamos cultivar o vazio pragmático das insônias. Seria uma forma de manutenção da consciência na duração. A Esfinge fazendo perguntas a si mesma, lendo um bom livro, aprendendo a voar e etecetera. Criaria para uso geral a palavra que é o oposto de suicídio, ausente de todos os dicionários.

A inclusão é um mito? Sim, incluem para excluir melhor depois. Incluem falsamente algumas alteridades «inofensivas» para criar um álibi e paramos por aí. Preste atenção, *eu sou Monsueto, não queira me colocar no gueto. Eu sou Cartola, não quero seu resto de comida, nem esmola. Eu sou Ederaldo Gentil, vá você e seu edital para a puta que o pariu. Eu sou João Gilberto, a força devastadora de um mundo quieto. Eu sou João da Baiana, você me deve muita grana. Eu sou Carolina de Jesus, não adianta me botar na cruz. Eu sou Sabotage, aquele que pensa e ao mesmo tempo age. Eu sou Itamar Assumpção, a aristocracia da fúria e o jaguar-orquídea da insurreição. Eu sou Francisco Carlos, a alegria do pensamento, e não me calo. Eu sou Sousandrade, vencerei sem fazer alarde. Eu sou Cruz e Sousa, a inteligência que ousa. Eu sou Machado de Assis, aquele que foi além porque quis.*

Cercado de lados por todos os livros, preferiu ler as árvores, ter algum senso de profundidade exigirá saber despertar em si mesmo uma porta aberta, o impulso poético pede uma vida pulsional, brancos de medo diante do tremor essencial da matéria escura, do lado de fora, do lado de dentro e há tantas tessituras que ainda não nasceram, um beijo revela, mas não ilumina, a curva da luz na água atrai o peixe que é seu próprio anzol, afaste-se para perto, peça a nudez do rosto e entre no beijo através do sorriso, no fundo do olho: o orvalho permanente e dentro dele o infinito efêmero que contém o segredo que é sussurrado fora das palavras pela face de todos os mortos.

És mais uma vez a vela onde afundam as trevas em volta do novo rebelde. Tu sobre quem se eleva um chicote que estremece a claridade que chora. Versos de René Char mudados para o português por Contador Borges com os quais dialogo agora: ele ainda é a vela acesa onde se afoga o breu e com ele a claridade, o chicote se ergue novamente e cai no abismo oceânico, o vazio sorri para a nova luz, mas no breu emancipado é possível entrever a rosa.

Vivo, lúcido e nítido aqui em contraponto a um pantanoso, ilusório e embaçado ali que terá seu zênite no dia 7 de setembro. Aqui é aqui, semi-unidade infinitesimal do infinito, ali é já era, a inevitável morte do Brasil, o que virá não tem nome, a suprafome do semivivo? Josué de Castro cantou a bola para Glauber Rocha. Entre! Aqui também há Deuses.

> "Faça sua parte nesse múltiplo reencontro/
> para que a harmonia mostre sua face e sua intenção por acaso"
>
> **Rilke**

Talvez ler seja sua principal atividade física "desde o princípio". Ele sempre se sentiu à margem daquilo que não se abria como um livro ou uma flor. Uma flor pode ser lida? Possivelmente no caso da flor seja o oposto, uma flor nos lê. Ser lido é aquilo que completa o gesto de ler. Seu desejo era se abrir como um livro ou uma flor. Mas ele sempre irá se sentir à margem daquelas ou daqueles que não podem ser lidos, 'que não sabem nos ler', aqueles e aquelas que não colhem o pólen, que não florescem.

Nós somos agentes do lado de fora do instituído, não queremos ser celebridades, não queremos uma carreira acadêmica, a armadilha identitária não funciona conosco, não estamos em nenhuma classe, nenhum grupo ou categoria, nosso contorno no mundo é desconhecido, nossa universidade é desconhecida, nós somos nossos próprios daimons, quando você fala em Baudelaire, Cruz e Sousa, Carolina Maria de Jesus, Glauber, Emma Goldman, Artaud ou Safo está falando de nós. O bem e o mal são fantasmagorias que conferem sentido provisório ao seu mundo, nós somos a ética das explosões solares, o gelo dentro do Sol. As árvores inomináveis dentro do ciclone, o vírus na linguagem, o hibridismo selvagem, os Exus e as pomba-giras da hiperalteridade, o animal fractal dos halos, não reconhecemos nem nos reconhecemos em nenhum poder, nós somos o/a poema, os peixes abissais nadando no magma, os espelhos de areia, as flores do caos.

"A rosa é sem por quê, floresce porque sim; não dá tento de si, não pergunta se a veem." Ângelus Silesius / Rubens Torres Filho. A imitação da Rosa é mais importante do que a de Cristo, embora William Blake tenha proposto um enigma melhor ao afirmar que 'Cristo é a fusão de um tigre com uma rosa'. Aqui não temos tigres, temos onças. É possível aprimorar então a frase que abre a crônica: "a imitação da Rosa e a imitação da onça são mais importantes do que a de Cristo." Obviamente só um Jesus contra Cristo, em oposição a Cristo é que nos interessa. Um Jesus que é a fusão de uma rosa com uma onça.

Ontem encontrei Glauber Rocha num sonho e ele me disse: meus filmes, meu pensamento e minha poética estão ultravivos e dialogando profundamente em uma interseção fortíssima com a criação de um inconsciente descolonial junto com Francisco Carlos, Fanon, Senghor, Pasolini e outras emanações de uma filosofia selvagem. Meus filmes são selos que ainda não foram abertos, principalmente *A idade da terra* e *Claro*. Meus assassinos estão soltos no meio do redemoinho e construíram o labirinto de sangue desse Brasil atual. É preciso destronar o imperador das balas perdidas e anular politicamente o Centrão, e depois queimar o trono no último fogo das florestas, as cinzas estão caindo em nossas cabeças e elas perguntam: onde está a vacina contra o vírus do Anti Brasil? Daqui vejo e sinto meus filhos, minha filha como luzes, você que é o atravessador de mundos, diga a eles que a fome dourada já tocou as trombetas, o paraíso foi ultrapassado pelo século trinta, o não humano também é estelar e em breve a vida não terá margens. O corpo inteiro aqui é um olho do Sol.

"A poesia tem por fim a verdade política" escreveu o genial e pouco lido Paulo Mendes Campos. Neste momento há uma enorme aglomeração na rua, os bares estão lotados, centenas sem máscara encenando o falso final da pandemia, as praias do Rio e as ruas de São Paulo estão lotadas, além do vírus há muita euforia no ar, estranha essa alegria que parece uma transfiguração do cansaço em alheamento, dela emana um ruidoso e vago interesse pela vida. Uma multidão inventando o fantasma daquilo que lhe falta. Evoco o de D. H. Lawrence: "Para o homem, a grande maravilha é estar vivo. Para o homem, como para a flor, o animal, a ave, o supremo triunfo é estar mais intensamente, mais perfeitamente vivo. O que quer que saibam os não-nascidos e os mortos, eles não podem saber a beleza, a maravilha de estar vivo na carne. Os mortos podem cuidar do além. Mas o magnífico aqui e agora da carne é nosso, e só nosso, e nosso só por algum tempo."

As aparências enganam e no fundo há uma grande distância entre o que Lawrence diz e a multidão lá fora. Uma distância que vista daqui da janela do meu quarto parece intransponível. A minha medida é a visitação que fiz hoje ao limiar da chama. O que falta à multidão é a transformação da imagem do fogo em fogo. Evoco mais um fantasma, Maria Llansol, que começa uma anotação em seu diário *Um falcão no punho* com essa frase: "Se o espírito fosse o corpo onde ele estivesse..." Este 'Se' atravessa a multidão lá embaixo, atravessa os banhistas em Copacabana e em Ipanema, este 'Se' é uma flor de fogo.

Para mim é inegável que intensificado pela pandemia e pelo cenário de desesperança do fascismo contínuo explicitado em sintonia com o ultraliberalismo que pretende privatizar tudo, houve uma burocratização e neurotização dos afetos derivada da colonização psíquica capaz de engendrar muitos encontros e paixões tristes, encontros que se tornam tristes antes de acontecerem de fato, paixões que se tornam tristes por serem atravessadas por diversas projeções de poder sintomaticamente binárias, engedradas no ressentimento e nas armadilhas da identidade. Obviamente é mais viável uma sublimação do que um contorno, não será possível atravessar essa neblina de pactos ruins pela manutenção do mesmo sem uma sublimação. Estamos vivendo o auge da confusão entre sujeito e subjetividade, o auge da desvitalização das estruturas poéticas da linguagem. Olho de frente para este cenário de névoa e morte, de separação dos corpos de suas naturezas e vejo que as possibilidades de sublimação estão todas no contemporâneo, se como dizem os pensadores José Gil e Luis Serguilha: "o contemporâneo é o intensivo." Que venham os afetos intensivos, os afetos que dançam na neblina os raios de sóis também interiores cuja luz acontece para fazer o outro existir. Que nossos rostos tornados finalmente nus pela máscara existem para receber outro rosto. Existimos para fazer o outro existir.

A manhã surge irradiando uma enorme nostalgia da mata, da floresta, do rio, potencializada pelo canto dos pássaros, pelo voo do carcará, pela brisa suave na copa das árvores. No meio de tudo isso a marcha dos corpos extraordinários da vida esgotada, da vida insuficiente prossegue na direção de inúmeros fins de mundo, inúmeras mortes: possíveis nascimentos.

"Só vive a diferença quem intensifica o mundo em si mesmo (..........). Um corpo vazado conecta-se com instantes duráveis, faz aliança com geografias intrusas (........). As visões excessivas experimentam as fronteiras da desrazão da vida que passa em todas as direções destruidoras de mitos, de memórias representativas para rasgarem simetrias, proporções, congruências."

Excertos de *Hamartia*, livro mais recente do Luis Serguilha, nele acompanhamos três conceitos ou figuras--conceito em uma espécie de vertigem tensionadora das formas que leva ao paroxismo, procedimentos rítmicos desenhados pelo barroco transplatino de Lezama Lima e Severo Sarduy. Serguilha costura estes personagens-conceito ao pensamento deleuziano-espinosista e há também um diálogo de continuidade com Vicente García-Huidobro Fernández. A questão aqui não é quem são ou por que são, mas como são e como agem os conceitos que afirmam e perguntam simultaneamente, e tudo isso é problematizado no grande sentido da palavra pela poética extremamente corajosa de um artista que não faz concessões esquemáticas ao senso comum, leia-se a uma leitora, a um leitor. Que se recusa ao "compreensível" como vetor de uma negociação dedicada a uma hierarquização dos processos de criação. Trata-se de produzir a errância como elemento primordial e rizomático. Exige a concentração porosa de um dançarino de butoh e a abertura de pensamento de quem procura a diferenciação e não a catarse.

A alegria de viver parece estar profundamente ligada à revelação de bons devires onde a vida sensível se confunde com a música da duração do grande e benevolente desejo, como um modo de se unir a intuição e não a imaginação e assim tornar possíveis estados de atravessamento e comunhão (os tempos estão misturados).

Quando o seu eu olha para o seu *ex-eu do sonho-memória* acontece um rastro de iluminação próximo daquilo que os hindus chamam de *sabhija-samadhi* ou talvez uma iluminação imperceptível e por isso mesmo autêntica. É possível que o diálogo mais importante de nossas vidas seja este, com o eu dos sonhos que sempre se manifesta como um ex-eu e que poderia sobrepujar a imagem do espelho.

Os cães ladram, a caravana passa. Vamos cuidar das coisas do Alto, ou seja, sustentar o céu com mil abraços do não eu: eis a fotossíntese. O passado não existe. O instante é um fluxo aberto de duração: sonho acordado criador de mundos. Tenho 7 anos e mil anos ao mesmo tempo porque sou você: somos árvores de carne, sangue, nervos e ossos, luz traduzida em outra língua. A eternidade não é produzida pelo tempo, é o vazio iluminando os espaços abertos. Pensar só é completo fora das polaridades. A Lua é o Sol. A noite é a mestiçagem do dia. A natureza não pensa existências, ela acontece!

Um ponto de fuga costurado com a linha de enfrentamento e não uma linha de fuga costurada a um ponto de fuga, aquilo que em outro contexto, mas com muito em comum, também está nas crônicas musicais de Lester Bangs e também nesse trecho de Derrida, *Um egípcio* de Peter Sloterdjik: "Anotemos o fato de que nesse lugar a palavra 'sobreviver' retorna sabendo, como vimos, que se inclui entre os conceitos chave do campo problemático desconstruir. Caso se trate aqui de uma chama que quer ser transposta para o papel, de imediato compreende-se que riscos obrigatoriamente acarreta a operação por meio da qual o eterno estará doravante ligado ao efêmero (....)"

Cioran escreveu que o dia mais triste de sua vida foi em uma tarde onde ele percebeu que a infância havia acabado. A infância é algo 'adulterado' pelos adultos, segundo Agostinho da Silva. Penso mais nas infâncias sequestradas como a de Michael Jackson. As efemérides como o 'dia das crianças' e outras são de um cinismo atroz. O fim da infância é nosso primeiro apocalipse. É possível que a nostalgia do Éden seja apenas a saudade da infância mitificada. Ninguém é inocente, mas nos tornamos inocentes. Me lembro de um livro do médico e pedagogo polonês Janusz Korczak, assassinado no campo de concentração de Treblinka, que escreveu o subestimado e aterrador *Quando eu voltar a ser criança* e do perturbador romance *Ferdydurke*, de Witold Gombrowicz, onde um adulto volta a habitar sua idade escolar e toma consciência do estranhamento, das limitações e do absurdo da vida que vivia na maturidade. Michael Jackson passou sua vida pós-infância tentando pagar o preço desse sequestro antológico.

Nenhuma instância das inúmeras metamorfoses do corpo, ou seja, do ser, podem ser capturadas por nossas projeções no tempo cronológico, as metamorfoses se movem na duração, aquela duração que implica em consciência e não em uma metafísica da duração.

Percebi muito cedo que as fotos não possuem uma dimensão proustiana porque a representação 'é irmã' do irreconhecido. Quem é este congelado no tempo da imagem? Talvez a realidade possa ser pré-gravada, mas o que pulsa dentro dela não. Nesta pequena fotomontagem de mais de cinco anos atrás tentei capturar o instante-fantasma anterior a outro instante-fantasma. Nossa noção de tempo se auto fantasmagoriza, nós acompanhamos esse movimento na medida em que nos identificamos ou não com as imagens que se desprendem desse movimento. A vibração-pulsação viaja até o que vê essa imagem e segue na direção da duração, um movimento no tempo que desfantasmagoriza, que não pode ser capturado ou congelado, é como os sonhos. Concentra em si a irradiação do momento "que não prende o instante" em uma linguagem. É uma 'diferença gramatical' como diria Wittgenstein.

Acordar é uma metáfora de nascer, em acordar se escondem portais, o pensamento das imagens corporais se torna transparente e depois invisível como a música de acordes perfeitos sendo engolida por outra de acordes dissonantes. A aura de acordar às vezes é devastada pela objetividade e muitos clarões de poemas e satoris se dissolvem nessa névoa que chamamos 'coisas importantes para fazer'.

Quando sua natureza própria é marcada pela "continuidade da consciência" do "acordado" é uma pequena ilusão tentar, como a maioria, dormir cedo, entre a 'sinfonia' dos carros e o filme *Chronik der Anna Magdalena Bach* de Jean-Marie Straub e Danièle Huillet. O segundo se impõe como "algo similar a um sonho". Paro o sonho, para tentar compreender "as simulações" que regem hoje com tanta eficiência o estilhaçamento dos afetos, parece que fomos todos capturados pelas redes sociais, uma velha configuração das emanações do poder onde o poético e a amizade são esquadrinhados segundo geometrias incompletas do espírito, onde literalmente se perde o corpo e a presença cada vez mais burocratizada e mitificada (o corretor ortográfico insiste em corrigir para notificar)... Bem, creio ter esquecido algumas vírgulas, ei-las : , Onde estávamos? Ah, nas geometrias incompletas. É como se fossemos habitantes de um círculo que abandonamos para vivermos insuficientemente dentro de um quadrado que foi desenhado dentro dele e as bordas vazias e despovoadas do esquecido círculo se tornassem os pontos onde se acumulou a energia da vida, os pontos offline que poderíamos chamar de: a criança, o louco, o animal e a árvore. Nas bordas do círculo: o corpo irredutível e seus sóis. No quadrado: o mundo pós-Covid e os retornos à estase. Por outro lado, teremos a educação pelo ciclone e outras pedagogias mutacionais climáticas, ou seja, o corpo do corpo irá nos encontrar na expansão das bordas.

O leitor prevalece como o principal *topos irradiador* do escritor, é nele que acontecem os campos de misturas. O leitor sabe que a identidade é uma ilusão, uma simples porta para a inundação da imanência. O escritor é o personagem íntimo do leitor, em uma brincadeira com a etimologia, ciência que se abre intensamente ao lúdico, poderíamos dizer que o leitor é o leito do rio da literatura e o escritor a nuvem que chove sobre ele. Nuvens refletidas nas águas do rio. Os espíritos do ar que deixam sua marca nas nuvens do entardecer, antes disso eram as palavras.

"Da junção do nome à face advém a alegoria."

Evaldo Coutinho

As canções de Billie Ellish são como ridículas cartas de amor (ver Fernando Pessoa) mas a introdução de *Gouldwing* lembra um poema de Rumi. As canções de Amy Winehouse também, a fila é infinita e só há uma porta dentro do orvalho.

"Quem imagina que aquilo que ama é afetado de alegria ou de tristeza será igualmente afetado de alegria ou de tristeza; e um ou outro desses afetos será maior ou menor no amante à medida que, respectivamente, for maior ou menor na coisa amada."

Spinoza

Um círculo negro dentro de um triângulo vermelho dentro de um quadrado branco, nascemos no quadrado branco e no círculo negro nasceu nossa Alma, através do triângulo vermelho nos reuniremos novamente a ela, seu nome é percepção, o nome do triângulo vermelho é amor e o quadrado branco é a morte.

A sabedoria da generosidade é incluir apenas a si mesma em si mesma, a hiperinclusividade absoluta é um atributo da vida que inclui até seu contrário em si. A generosidade é a expansão da visão e por isso se relaciona profundamente com a atenção. Os limites da visão e da atenção são os limites da generosidade. Obviamente a ética da generosidade é também a ética da amorosidade expandida para campos de alteridade. Parece haver um paradoxo aqui, mas não há porque os campos de alteridade começam na região dos espelhos e a ultrapassa. A hiperinclusividade da generosidade só existe para o Estado, como uma dimensão ética primordial do Estado.

O tempo do Jaguar-orquídea atravessa o tempo do geno-cídio, o céu azul e as nuvens brancas são sustentados pela matéria escura que é o hipercéu, ou seja, a matéria escura.

Escrevo isso ouvindo Ravi Coltrane. O verdadeiro pensamento é raro e inclui o vazio como seu centro: é fora do tempo.

Cuidando das coisas do alto, as rosas na roseira, o café no bule, sublimação no lugar do alheamento, parado estou longe e caminhando me firmo, o devir-Exu é a destinação de um intelectual negro, se ele estiver acordado consigo, não é um jogo de palavras e a construção de uma realidade fundada em palavras: autopoiesis forever and ever, maratonar nem pensar, melhor flutuar e ver devagar, os símbolos são nítidos: Philip Roth sorrindo na primeira temporada de *Breaking Bad* e Lautreamont na terceira de *Twin Peaks*, você quis dizer 'negro'? Sim, a expansão, a movência, as raízes mimetizando o relâmpago e não apenas as linhas de fuga. O julgamento absoluto unindo a extrema direita, a direita, o centro, a esquerda e a extrema esquerda, os movimentos e suas vitórias fake, como ensinou Mãe Stella de Oxóssi: "a expansão no lugar da revolução." A dança de dez mil anos de Thelonious Monk faz parte disso, o caminho que contorna pelo alto os grupos exclusivos, o pensamento provinciano de grupo: os males do Brasil e de Portugal e etcetera. Hélio Oiticica, você faz falta! Pixinguinha, você faz falta! Glauber Rocha, você faz falta! Virginia Bicudo, você faz falta! Maria

Lacerda de Moura, você faz falta! Patrícia Galvão, idem!
Estão aqui e além, por isso o além é aqui!

Ser a matéria escura, anterioridade é interioridade, porosidade do tornar-se ÁFRICA, a ontologia das misturas. A cosmopoética da presença.

> "Um cão é isto de sermos gente."
>
> **Cruzeiro Seixas**

Um cão-árvore-estrela é isto de sermos gente ou ente. Entidades mais que identidades, tanto o corpo como sua exterioridade pensam o aberto ou o poroso como cintilações dos ritmos que compõe o vivo e o ultravivo e mais além ainda o microvivo em suas potências infinitesimais. Infinitesianimalidade do espírito!

O sempre-chegando e em-toda-parte...

A cosmOnçologia de tudo!

O círculo cosmopoético do rosto de qualquer coisa!

Será a simples e inominável visão do céu capaz de desmontar a imanência das telas da circunscrição algorítmica? Um cão-flor-estrela é o que somos e a resposta é: SIM!

O que será que a burguesia branca tanto festeja? O que será que a classe média alta branca tanto aplaude e dá likes e hashtags e coraçõezinhos? Resposta: A falsa inclusão dos pretos, pretas, indígenas e outras diferenças massacradas. As transformações na estrutura estão longe de acontecer, apesar dos prêmios, discursos, capas, exposições e outras vitrines com pretos, pretas, índigenas e outros cosmos que são estudados para serem anulados, incluídos para serem excluídos depois, de um jeito que as "agências de tendências" não percebam e não afete o lucro dos bancos culturais e dos bancos da miséria. Branco e banco são sinônimos. Mas diferenças e natureza (leia-se Florestas, rios e outros cosmos vinculados) também são.

A harmonia não é perene, todos os corpos sabem disso, raro é ela se tornar visível. O fato é que a harmonia não se opõe a nada, e esse é o segredo de sua invisibilidade.

Diálogo silencioso, diálogo de *extimidades*. O diálogo é o animal ou a flor no qual algumas conversas se transformam quando há um entrelaçamento de 'fios de escuta'. As conversas são o movimento inicial dos fios, algumas palavras se atravessam e outras nem sempre chegam até 'a caverna do ouvido interior', é um processo similar ao da polinização. O mais comum é que uma frase ou palavra vire um ruído e atrapalhe o acesso das outras. Há ainda o vento das imagens que envolve todas as falas em uma paisagem que pede contemplação ou música. Em todo caso, é no diálogo que o pólen da amorosidade viaja. Se a conversa é um sopro, o diálogo é a luz. O eu é um outro, não o outro da palavra, mas o outro da imagem e do sonho. O diálogo os une.

A tessitura da presença revela aspectos desconhecidos do ser para quem ama sua costura, seus fios, sua trama.

Atravessar / ser atravessado / estar dentro e fora ao mesmo tempo. As diferenças sutis entre frequência e atravessamento, doação e generosidade _____ .

Quando a literatura só é possível 'fora da literatura' e o teatro só pode ser sublime 'fora do teatro', quando o estranhamento expande a solidão até a copa das árvores e a palavra até o silêncio das pedras, ele se torna uma virtude?

'Quase agora' é uma expressão que gosto por causa de sua precisão imprecisa, para mim 'sempre é quase agora' e às vezes é 'quase infinito'.

Em *Lancelot do lago* Bresson materializa a moral como algo similar às armaduras medievais, há uma defesa da paixão, lembra um pouco *a questão do fogo amigo* presente na Ilíada. Bresson estuda o movimento dos corpos como movimentos de uma ética da amizade contra uma ética da justiça, ou seja, da vingança (Oswald) que enlaça a todos. As mutações do afeto são uma po-ética da paixão? "O graal nos ilude" é dito logo no início, a paixão amorosa está no lugar da transcendência e muito acima da ordem moral e a amizade é uma das mais densas metamorfoses do amor. *Lancelot du lac* é misterioso em sua beleza coreográfica e aproxima ainda mais o cinema de uma dramática do sonho como método de apreensão do viver.

> "O felix anima,
> cuius corpus de terra ortum est,
> quod tu cum peregrinatione huius mundi conculcasti,
> Unde de divina rationalitate,
> quae te speculum suum fecit,
> coronata es. (............) O quam mirabilis est praescientia divini
> pectoris, quase praescivit omnem creaturam."
>
> **Hildegard Von Bingen**

Ritmo, harmonia, inspiração podem ser partes do entendimento de si que compõe com o mundo, com a natureza e nesse caso 'florescer é um saber que as flores comunicam' a quem se aproxima delas 'por dentro', como em uma dança onde as flores entram pelos olhos e saem pelas mãos que também são um tipo de flor pensante. Do encontro destas duas flores nasce a alegria do desenho que é similar a do sonho acordado.

*Любов

Amizade. Amorosidade, dimensão ética da amorosidade que inclui as naturezas em um campo de entrelaçamentos. Nas naturezas é o modo de comunicação das coisas e elementos em seus estados de proximidade e relação. Exemplo: nuvens e ventos, areias e ondas, raízes de diversas espécies de árvores em uma floresta. Pode ser expandida até o infinito pela percepção de um espaço comum entre alteridades. (Ver infinito).

Infinito. Interzona ambígua entre o sonho e o não-sonho onde acontece por si mesmo o chamado 'presente'. Matéria transparente que se move em consonância com a matéria escura. (Ver Momento).

Momento. Galáxia infinitesimal, este momento, reunião do vivo e do ultravivo com os sopros imóveis (quando morremos) e reunião do ultravivo com o vivo através dos sopros incessantes de todas as naturezas (agora).

*Amor em ucraniano

Diversos clichês, slogans e outros automatismos linguísticos promovem a possessão do corpo pela mercadoria. A ideia de liberdade dificilmente se realiza em corpos cujos movimentos foram contaminados pela intencionalidade mercadológica. Isso se reflete nas dimensões tanto da cultura artística quanto da cultura política, tanto nas esferas da afetividade quanto da singularização. Confundimos diplomacia com captura. Doamos resignadamente nossos corpos ao sequestro espaço-temporal das nomeações e funcionalidades empresariais que se confundem com a ideia de mundo e de fato que são a perda de mundo e de corpo. Nesse contexto, os encontros são também contaminados pela burocracia da intencionalidade e diversos outros pré-conceitos fazem com que os encontros ocorram no tempo e não aconteçam na duração.

A tela que é 'um deslocamento' de outra tela que não podemos ver. A tela e suas ressonâncias com o onírico, com os devires, portanto. A parede da 'caverna dos sonhos esquecidos' de antes do acontecimento similar aos sonhos esquecidos chamado nascer.

O paraíso é o *parariso*, diz a distração dentro dos sonhos que migram para o outro lado, enquanto preparo aulas e faço uma leitura crítica neste híbrido de universidade e quilombo que atende por 'meu corpo' entre Acab ou Ahab e Kadós ou Kadosh seguimos.

Ontem, Vicente Franz Cecim me visitou em sonho para pedir um favor vestido com uma roupa azul de luz líquida e com uma barba enorme, antes de ir ou voltar para a fonte me disse: "siga suave essa voz que tu amas, essa que chamas de pássaro." Acordei com teu rosto dentro do meu: chamas de pássaros.

Como um djinn do jardim das rosas de Saadi de Shiraz percebo que pelo não humano chego ao humano. Em algum lugar fora do mundo, o mundo começa. Estou caminhando com você para além das sensações. O orvalho vem do sol e brota em nossa pele como uma flor. Somos um desenho do sonho do vento na pele do mundo embora neste momento estejamos no ex-mundo.

As pequenas bolhas na água gaseificada dentro do vidro... eis uma boa imagem metafórica da nossa vida cultural, no sentido antropológico e sociológico do termo, a fusão das pequenas bolhas com os nós de fumaça que saem da boca do morador de calçada que fuma uma bituca, eis a síntese da nossa vida cultural com a espiritual.

A harmonia não é perene, todos os corpos sabem disso, raro é ela se tornar visível. O fato é que a harmonia não se opõe a nada, e esse é o segredo de sua invisibilidade.

Oração laica com Bjork

"Eu sou uma fonte de sangue jorrando / na forma de uma mulher / Você é o pássaro na borda / hipnotizado pelo turbilhão / Beba-me e me sentirei real / Molhe seu bico no córrego (.....) / O amor é um sonho duplo (.....) / Imagine como seria o meu corpo / se chocando contra essas rochas/ quando aterrissar / meus olhos estarão fechados ou abertos? (.....) / Foda-se a lógica / Viva o instinto / e a doce intuição (.....) / Essas células são virgens (.....) / Todos os garotos, são cobras e lírios / Todas as pérolas são linces e meninas."

Excertos de letras de Bjork — Tradução do autor em conjunto com Dervixes dançam tecnosamba.

Muita coisa acontecendo fora dos eventos. A matéria escura onde vive a Lua que é o Sol e o nomadismo *mutacional* das nuvens que também são o vento. De noite o Sol tem um temperamento retraído. Trabalha na sombra, e o pensamento é o espelho imediato do sonho real.

A memória se mistura com o sonho acordado, mais real do que a realidade, quando penso em seus dois nomes, o corpo sendo metade tempo e metade espaço: onze dias a pé ou no instante já com os olhos fechados: toco nas luzes que aparecem aí e te sinto aqui.

Quando os encontros são burocratizados é porque o pensamento também o foi, estamos afundados nessa similitude do tempo vivo chamada 'tempo cronológico', afundados no pântano do tempo cronológico que é um 'tempo fantasma' se comparado com a duração, com o tempo vivo. Há um longo poema de Peter Handke chamado *Poema da duração* sobre isso e o romance *Infância*, de Nathalie Sarraute é a tentativa bem-sucedida de apreender fagulhas desse tempo vivo. Voltando aos encontros, voltaremos aos lugares onde surgem as clareiras do tempo vivo. Para que existem as redes sociais, senão para que saíamos delas para os autênticos encontros? É visível que encontros burocratizados no fundo não acontecem para valer, porque são excessivamente contaminados pela intencionalidade. Onde estão os encontros gerados pela música do acaso? Salvo os encontros promovidos pela amorosidade profunda que resistem e diluem a burocracia, a maioria dos encontros e das tentativas de encontro dentro da esfera porosa da minha experiência dos tempos recentes, principalmente dos últimos dois anos, foram encontros fantasmas. É óbvio, como me disse um dia minha amiga Lucila de Jesus que "as pessoas perderam o contorno na pandemia." E se a condição para a recuperação do contorno for o retorno aos encontros com a mais profunda e por isso, generosa atenção, de modo que nosso rosto receba outro rosto, como se cada rosto fosse uma pétala da imensa rosa do mundo?

A metáfora da chave exige a descoberta de portas que só abrem para o lado de fora, o próprio eu é uma dessas portas, ela também aparece no poema *Procura da poesia*, de Drummond, no olhar fechado dos mortos e também nos silêncios mais profundos que formam a aura do acontecimento do mundo! Há em nossos sonhos uma porta feita de chaves que se transforma em espelho quando acordamos.

A rosa é o grão da voz estelar, quando escrevi num poema 'onde você tentou estar / a rosa negra' tentei elaborar uma metáfora sonora cósmica. Nós negros somos as rosas estelares da historicidade, esmagadas, soterradas, desabrochando debaixo da terra ao lado dos rios soterrados, das outras flores estelares da terra (um modo de dizer povos indígenas) A lógica do diálogo profundo que tenho com artistas como Negro Leo, Alice & John Coltrane é a de um deserto que atravessa um profeta, falamos a língua do deserto, onde cantam todas as rosas negras antes de florescer.

Podemos dizer que sou um 'trabalhador da literatura' ou 'do pensamento que se expressa por este meio', mas não apenas por ele, um dos livros em andamento recebeu hoje um título de *A árvore da extinção*. Uma parte de mim observa tudo isso a uma distância que pode ser considerada cósmica, outra desconfia do vínculo dos editores ou da nêmesis chamado mercado editorial, com tudo isso e uma terceira realmente não se importa com os desdobramentos do vazio na luz que sai do corpo, principalmente das mãos que praticamente pensam por si mesmas o texto. As mãos são como flores e o texto como pólen suave, a "ironia mística" dessa frase... "plume solitaire éperdue" (_____), Roberto Bolaño aproxima o comportamento dos poetas e escritores do nazismo para tentar por outra "ironia mística" anular o nazismo e não os poetas e escritores, isso é óbvio e vale para o Brasil de hoje... A "ironia mística" não tem nada a ver com o cinismo funcional. "Confesso que me agrada prolongar em prosa meus versos" escreveu o poeta italiano Giosuè Carducci.

Imaginemos que a prosa pode ser uma metafóra do cotidiano e a poesia uma metafóra dos sonhos e teremos mais um exemplo de "ironia mística", e depois dela para ficar ainda na rua dos italianos, Dante sempre irá nos lembrar da existência do amor místico.

Qual é a grande lição po-ética do angustiante e tenebroso momento histórico que estamos vivendo?

Temos uma burguesia estúpida, que vê a cultura apenas como um adendo ao lucro ou propaganda para a marca de seus produtos e não como um direito social. A palavra lucro, em sua origem significa engano, logro, há o crescimento ad infinitum da demanda urgente por uma "elite" econômica culta, interessada em uma verdadeira convergência entre economia, arte, vida e natureza, capaz de movimentos cada vez mais expansivos e inclusivos de alteridade, da promoção de uma hiperinclusão através da transformação de seus milhões em bem-estar e vida digna para todos, algo óbvio que não deveria ser visto como difícil, apesar de seu caráter utópico, aliás, a maioria das ações necessárias para a transformação da vida em vida digna para todos possui hoje um caráter utópico, vivamos para um deslocamento dos sentidos da palavra utopia para o presente! Hoje podemos ver, pensar e agir dentro de outros perspectivismos, e me pergunto: como essa consciência nova das diferenças como composição de mundos e não de um único mundo que já é quase um ex-mundo, estas cosmopoéticas negras, ameríndias,

80 *Marcelo Ariel*

feministas, das diversidades de gêneros dialogam com a necessidade de ações inéditas que nada tem a ver com o já estabelecido, que ações são essas? Sinto que as tentativas de elaborar respostas a essa pergunta (dentro do conceito *Eu é um outro* de Rimbaud que *se torna verbo*) são a grande lição po-ética da atualidade.

A autocontemplação se não nos leva a uma consciência do duplo estranhamento é o oposto do autoconhecimento (.....). Por dentro a mônada nômada que busca a porta do olhar antes que se abra a do orvalho. Por fora o rosto da extimidade recebe outras rostidades, as linhas cosmo-fisionômicas da variação de outros desenhos porosos, os microcosmos que pensam porosamente. Para a arte: a estratégia do dente de leão que serve tanto ao Daimon, a mônada e ao Aion. Para a política a estratégia da lagartixa e a proposta de Simone Weil. Para a religião o encontro de Shiva, Exu, Dionísio e Espinosa. Para a pessoa: a impessoalidade onirica, o 'como tornar tudo um sonho acordado' clariceano.

A palavra 'projeto' parece ter capturado o espírito de nosso tempo e o encerrado em uma gaiola chamada 'nostalgia'. É nítido nosso esforço para habitarmos o presente que está tão dobrado e acondicionado em devires nostálgicos que se tornou abstrato. Construímos narrativas dicotômicas para sedimentar uma objetividade sem força "porque não age na direção dos fatos" que a cada dia cavam uma camada a mais no abismo do irremediável. A questão para mim parece ser o corte narrativo que cria o vazio que torna possível a intervenção direta de forças ninguém, que são as que atuam em consonância com as classes nadificadas e esculpem uma fraca dimensão hiperpolítica no fundo desse abismo que a cada dia se funde mais com o chão das calçadas, onde moram os miseráveis. O abandonado presente é onde esses atopos — o espacial e o histórico — se completam, criando conglomerados de corpos sem vida pulsional. Enquanto isso, a macropolítica se rende a enredos de guerra patéticos que são apenas a manutenção cenográfica de passados, que por sua vez são máquinas de fumaça para esquemas tendo ao fundo o pobrismo e o rentismo de mãos dadas num cortejo que lembra muito a cena final do *Sétimo Selo* de Bergman.

No fundo do inconsciente exterior todo rosto se abre como a rosa para receber a luz do Sol de todos os rostos visitados pelo jardim movente que vive dentro do corpo. Ou tomamos o partido do ego e de seus caprichos ou o partido da rosa. Possivelmente a primeira imanência é a da rosa, e a última será a do calendário. A pergunta mais importante da nossa época é: como a poesia pode vencer o fascismo? Talvez quando nossos rostos se converterem em rosas de fogo e fúria... A resposta apareça escrita nos céus do Brasil.

A singularização é apenas um dos nomes da metamorfose, a presença de qualquer pessoa, seja ela uma árvore, um animal, uma pedra ou uma nuvem é parte da nossa metamorfose, a singularização é o início do nascimento, mas sua continuidade é o 'sermos alterados pela presença da vida sob suas inúmeras formas' para sempre. Cada sonho que sonhamos é parte do nascimento e os instantes de espanto e estranhamento do nosso 'acordar todos os dias' são parte das metamorfoses. Sem a consciência disso, para além do ego nosso nascimento, tudo é interrompido e começamos a nascer ao contrário. A cada respiração, o que somos entra em nós para se transformar em uma floresta dobrada por dentro, em uma chuva dobrada por dentro, em parte de um céu dobrado por dentro.

Relendo *O pequeno príncipe* sob um prisma filosófico, é possível perceber nele um pequeno tratado sobre a infância como um não lugar, isso fica bem nítido na tradução que Heloisa Jahn fez para a Editora Antofágica. Pode ser lido também como uma estranha parábola que se aproxima dos contos sufis. A criança ontológica que aparece no deserto do Saara da vida adulta como uma esfinge.

"— Como você é linda!

— Pois é! - respondeu a flor com suavidade. — E nasci junto com o sol (......)

— Acho que está na hora do café da manhã — dissera a flor dali a pouco.

— Será que você teria a delicadeza de pensar em mim?"

Trechos como esse quando deslocados para o nosso atual contexto ganham a camada perturbadora de um convite para a alteridade. E ler hoje a jornada através do cosmo da infância extraterrestre por planetas que no fundo são críticas incisivas ao nosso sistema de vida é algo que também ganha uma dimensão maior. Pensem nesse outro trecho lido por uma perspectiva descolonial:

"Portanto, o sétimo planeta foi a Terra. A Terra, não é um planeta qualquer! Nela há cento e onze reis (sem esquecer, é claro, os reis negros)"

E o que dizer desse outro excerto do diálogo do principezinho com a serpente:

"— Você me dá pena, tão frágil nesta Terra de granito. Talvez eu possa ajudá-lo um dia, se você sentir muita falta de seu planeta. Posso...

— Oh! Entendi muito bem — disse o principezinho. — Mas por que você sempre fala por enigmas?

— Resolvo todos eles — disse a serpente. E os dois se calaram."

A aranha de Louise Bourgeois produz teias com as quais tecemos os fios da amizade que também são os fios da pomba-gira Ariadne, é nítido que há um labirinto denso de névoa e cansaço, mas a presença de um rosto amigo aqui e ali, de um abraço fraterno aqui e ali faz com que a vela permaneça acesa dentro da água.

Leitor das emancipações demasiadamente interiorizadas dentro do fogo congelado das micropolíticas, leitor das rupturas abortadas e tornadas fantasmas recém-nascidos da expansão de Eros o destroçador de contornos, leitor das conciliações entre a revolta e os impostos, leitor da contra história dos sistemas, principalmente do sistema do racismo, leitor dos olhares engaiolados nas telas, mas o brilho e a voz passam para o mesmo lado em outra parte, leitor da negociação desvitalizante dos encontros, leitor das nuvens do não saber cinema e devir, leitor da possessão pelo corpo de toda coisa viva que é imantada pela paixão, leitor contra o escritor e mestre do escritor, leitor das intuições e suas roupas costuradas com um fio do imponderável e outro do medo, leitor das bibliotecas dentro do orvalho, leitor do não-tempo dentro do sonho, leitor do esqueleto das nuvens, leitor das auroras da respiração, leitor do êxtase chamado visível-invisível. Pó da luz cantando o grande sonho acordado com a Terra, a Lua, o Sol e o tremor essencial da matéria escura.

Escolhemos o melhor passado na direção do futuro ancestral (Ailton krenak) como não há tempo algum em lugar algum, os espaços estão sonhando conosco enquanto sonhamos com eles e a isso chamamos realidade, o não tempo vivido pelos órgãos sem eu compõe as multiversidades imanentes, os órgãos sem eu estão em comunicação constante com os órgãos estelares, o *problemapoema* é que ao chegarmos no núcleo vazio do instante, entramos no não-corpo.

Bom dia Antonin Artaud.

Sim, este foi o efeito mais nefasto da pandemia, a corrosão da aura dos afetos como parte da burocratização dos encontros que levou *até a dissolução ou fantasmagorização* da presença? Isto já ocorria antes e parece ter se intensificado com o isolamento social. Certamente houve uma violenta perda de contorno. Você quer dizer perda de corpo e mundo? Sim e quando isso ocorre, a identidade é como uma âncora no lugar de um paraquedas. Mas a identidade não é parte do contorno? De modo algum, ela é uma película ficcional. A questão é se perdermos a alteridade de vista, perdemos o mundo. O contrário da autoridade é a alteridade. O **outro/outra** é parte do nosso contorno de sonho.

O poeta **é** a máscara não do sagrado, mas da natureza, mas a natureza é o sagrado dirão algumas pessoas, o sagrado foi inventado como forma de comunicação e/ou modo de imaginar o invisível, de toda forma, *antes de* ou melhor, como modo de *simplesmente ser* o poeta toma partido da natureza, o que implica em desnomear e desnomear-se, e vagar em contemplação ativa ao lugar onde outro rosto se torna ele mesmo estranheza, porta, orvalho e aurora. Outro rosto, humano ou não humano, como *um além do sagrado*, onde não há mais necessidade dele porque estamos no núcleo do presente que é o lugar onde o mundo espantosamente acontece.

LIVRO 2

O TRIUNFO DE CUBATÃO
Narrativas

Se o homem é 5
Então o diabo é 6
E se o diabo é 6
Então Deus é 7
Pixies

Identity was the wrong mutation.
Lars Von Trier

Ó lua do monte
ilumina o caminho
do ladrão de flores.
Issa

O vão

[συμφωνία]

Prestíssimo

Michel Foucault atravessou sem pressa a Praça da República e repetiu incansavelmente o mesmo mantra, durante todo o trajeto: onde estão os negros? Após caminharmos por uns duzentos metros, eu apontei para um homem dormindo na calçada, ele parou e com as mãos na testa, disse: este é um negro, mas **onde estão os negros?**

Passaram-se dez minutos, o homem negro deitado na calçada perguntou se tínhamos dinheiro. Tirei uma nota de cinco da carteira e ele deixou um sorriso atravessar seu rosto que Foulcault olhava com uma tensa concentração e imobilidade. Caminhamos mais um pouco e Michel Foulcault se sentou em um banco, ficou por alguns minutos olhando os pombos e disse com calma:

— Não irei ministrar meu curso em sua Universidade, por causa da ausência dos negros.

Presto

Felix Guattari apertou com entusiasmo as mãos de Lula, segurando com força. Alguém ofereceu uma cadeira e ele se sentou, um pouco depois de Lula e de Suely Rolnik: Haverá suficiente energia da recusa neste homem?, ele pensava enquanto olhava para uma árvore e alguns sabiás pousados no galho. Ele me lembra muito um mujique. Seu pensamento foi cortado pela voz de Suely que disse: vamos fazer uma foto para registrar esse momento? Guattari se levantou desajeitado derrubando a cadeira. Alguém comentou algo que não consegui distinguir e enquanto abraçava Lula, Guattari sussurrou com a boca bem perto dos ouvidos dele: as forças de dentro o levarão a evocar a grande recusa, lembre-se da grande recusa.

Alegro

O Coronel Erasmo Dias estava se preparando para sua corrida matinal, na beira-mar, quando sentiu um arrepio percorrer todo seu corpo e gritou com ênfase para sua empregada: os óculos estão aqui, a sunga também, mas não encontro meu revólver, você viu, onde deixei?

Não sei porque o senhor sempre leva esse trabuco quando vai à praia!

O Coronel descendo para o estacionamento para procurar o revólver, gritou em resposta:

— Tenho de me prevenir, eles estão nas ruas, eles estão em toda parte.

Adágio

Jean Arthur acaba de descer do navio Ísis que desembarcou no Porto de Santos, ele passou a viagem inteira em silêncio, olhando para as ondas. A água pertence ao Sol, ele pensou, mas ninguém era capaz de ouvir. Jean Arthur continuou quieto apenas por dentro, olhando o mar e os pássaros e pensando na África que havia deixado para trás e nesta outra África chamada Brasil, depois ele apontou para as malas e pediu para tomarmos cuidado com a maior, a mala azul, o Francês disse que ela estava cheia de areia da Abissínia. O que ele iria fazer com uma mala cheia de areia? Deve ser para esconder as armas e a munição pesada, pensei.

Começou a chover forte e Jean Arthur olhando para baixo, como era seu costume, murmurou: o oceano não desiste. Com um gesto ele pediu fumo para seu cachimbo e com outro ordenou que todos voltassem para o navio.

Largo

Fernando Collor, o candidato da frente PDT/PT, é conhecido por ser um homem delirante, usuário de drogas pesadas. Você, cidadão de bem, dona de casa que me ouve, certamente não irá votar em alguém deste naipe.

Gláuber Rocha: argumentos estapafúrdios e racistas do representante das oligarquias imperiais brasileiras, que não possuem um projeto para o Brasil, meu vice, o professor Darcy já havia me alertado para este tipo de estratagema que agora confunde o público com o privado e amanhã fará disso uma estratégia imperialista e entreguista do Brasil, sob uma ditadura jurídico fiscal militar disfarçada de democracia. (Gláuber olha para a câmera da TV Globo). Você que está me vendo, vamos tirar o Brasil da cruz e fazer do povo pobre o povo rico em saúde, cultura e acabar com a escravidão. Eu quero te libertar da escravidão, você que está dormindo nas ruas do Brasil, no meu governo, você terá dignidade e liberdade.

Oratório

Quando os policiais finalmente chegaram ao quinto andar, Sales e outros presos se fecharam na cela. Tinha dez pessoas dentro da cela, todas agachadas rezando, cada um para o seu deus. Eu não fiz diferente. Me ajoelhei e comecei a orar o salmo 91. Um policial disparou algumas balas pela portinhola de abertura da cela. Uma delas ricocheteou na parede e terminou na nuca de um dos presos. Estevão morreu do meu lado, sem dar um grito, foi morte instantânea. Começou a se formar uma poça de sangue, e aí veio o pânico. O policial - autor dos disparos - perguntou quantos detentos estavam no local. Assustados, os presos se calaram. Ele disse que ia atirar de novo se ninguém respondesse, e foi aí que eu falei que éramos em dez lá dentro.

O policial deu ordem para que todos se despissem e saíssem da cela. Ao sair, Sales se deparou com uma cena horrenda: dezenas de corpos estirados no chão, alguns ainda vivos, gritando e gemendo. Quando estava caminhando sobre os corpos, uma voz familiar chamou seu nome: "Ney, Ney!", era um amigo meu. Ele havia sido baleado no rosto e estava totalmente deformado. Não tive coragem de parar para ajudar nem de olhar para ele, estava horrível, um olho havia sido arrancado.

Ao se aproximarem das escadas, os policiais haviam se posicionado dos dois lados do corredor, e agrediam os detentos com cassetetes e coronhadas. O elevador do pavilhão havia sido danificado durante a rebelião pelos detentos. Os policiais abriram as portas, e de cada dez presos que passavam eles empurravam dois ou três no fosso. Imagina, uma queda de cinco andares... Quando vi que estavam fazendo aquilo mudei meu lugar na fila pra ficar mais perto da escada e escapar do vão.

A Tessitura

> Joe Chip said: "I've never been sued by a
> door. But I guess I can live through it."
>
> **Philip K. Dick em Ubik**

*Ela deve ser um robô implantado pela C.I.A. ela está di-
tando* **criar um chip neural e cancelar os doze sentidos,
mas salvar cinco depois emitir os três cérebros e salvar
um** *estava ali para assinar o contrato para a cessão dos direitos e eles me disseram que estavam comprando a marca
e que eu não poderia mais usar a expressão 'Blade Runner'
em edições futuras, achei isso totalmente absurdo mas a
grana era boa.* **Salvar em espiral dupla e enviar como
DNA para criar a temporalidade simultânea, vamos
cancelar ou salvar a temporalidade dupla?** *Meu editor
estava preocupado com as vozes dentro da minha cabeça, 'você está Bem melhor Phil', ele disse e eu falei: acho
que esse filme será uma merda.* **As gradações espaciais
criaram uma falha na temporalidade simultânea e ou-**

tras gradações começaram a vazar. *O que eu gostaria mesmo era que John Carpenter filmasse VALIS, amanhã vou ligar para o agente dele, ainda é possível fazer algo decente nessa porra, ele entende o modo como os filmes B acoplaram a realidade* **usar o sistema de adaptação para priorizar a mão direita e depois vamos apagar a forma descendente para criar uma memória atemporal para mão esquerda e logo a seguir vamos implantar o sono em três ondas de frequência, eles poderão controlar a primeira e a segunda onda, por isso precisaremos ampliar a terceira onda.** *Ela parece ter alguma relação com as expressões faciais das pessoas, 'como atores e atrizes' Kafka escreveu em 'O Castelo'.* **Qual a velocidade da tessitura? Está normal, segue a matéria escura.** *Este é o diretor Phil, um homem velho, mas com a aparência jovial, cabelos bem escovados, estende a mão esquerda para mim. Seu livro é um verdadeiro clássico moderno, Sr. Dick, estamos muito contentes com este acordo.* **No modo sonho as fibras de oceanessencialidade se quebram antes do esperado, precisamos diminuir a tessitura e gravar no interior dos simbióticos originários em uma forma cristalizada, vamos emitir os sinais para a zona da placa fusional.** *Com o dinheiro dos direitos, vc poderá reformar sua casa e fazer uma viagem até o Egito, meu agente me diz. Por que o Egito? Vcs irão filmar lá? Todos riem nervosamente, a secretária entra com uma bandeja com café* *e coca-cola.* **Alguma possibilidade de quebra do código fusional? Não, nenhuma, vamos reenviar para código--originário para que eles possam coletar em 2050.** *Pretendo conhecer o Japão antes que ele desapareça, digo.* **Até lá os completos poderão quebrar o código e cancelar a duplicação dos símiles?** **Sim, um deles está coletando agora, é melhor cancelarmos o envio dos neurosinalizadores de presença e decodificar como memória autodecrifável, vamos tentar converter em tempo e depois reiniciar.** *Preciso ler a Bíblia em Aramaico. Ela me falou sobre um curso de aramaico grátis no Centro Judaico, não consigo entrar lá, a atmosfera é como a da superfície de Saturno, todos escondem a criança cósmica com a barba,* **isso pode ser uma prova de que os judeus vieram dos anéis de Saturno.** *Alguém me chama, hora de sair daqui. O táxi está esperando no subsolo* **no subsolo, que se parece com uma nave.** *Existe a possibilidade de tudo isso ser uma segunda realidade pré-gravada? Sim.* **Uma realidade gravada em cima de outra realidade que foi apagada?** *Como os evangelhos apócrifos?* **Reescritos por David Herbert Lawrence,** *David Herbert Lawrence.* **Ele também ficou obcecado pelo apocalipse estável, por isso percebeu o movimento solar ao ler a mente das flores.** *Já chegamos? Ah sim, só tenho 10 dólares. Já está pago? Ótimo, boa noite.* **O rádio do carro estava tocando 'Chamando os ocupantes de embarcação interpla-**

netária' dos Carpenters, você notou? Claro. *Quando eu fechei a porta a canção disse: " Nós temos observado sua terra/ E uma noite nós faremos um contato com você/ Nós somos seus amigos"* **Nós somos a tessitura.**

Depoimento de Oswald de Andrade ao M.I.S.

Entra e se senta com dificuldade na cadeira, acende um charuto que demora para ficar aceso, elabora uma máscara de fumaça que após alguns segundos sobe, mas não se desfaz logo por causa do ar condicionado, olha para a câmera e começa

Um velho gordo e cansado, é assim que vocês estão me vendo? A literatura é uma coisa que não nos dá nada além de uma percepção maior dos estragos que o tempo faz em nossa alma selvagem.

Puxa um charuto do bolso, mas não o acende, coloca o charuto no colo

Ainda tenho saúde para fumar mais um Montecristo, estranho que não exista uma imagem de Buda fumando. Deve existir. Buda teria muito o que aprender com nossos pretos velhos. Mas vamos lá, por onde devemos começar? Pelo fim ou pelo meio (*Risos*) carreira literária, essa palavra carreira os sertanejos usam para falar da vida das formigas, é uma expressão burguesa por excelência (*Tosse*) devo minha vida literária a leituras de Eça de Queiros, foi o jovem Indalécio Queiroz quem me apresentou A *relíquia*, e passei e repassei várias vezes por estas páginas, o Eça inaugurou em mim o espanto, A *cidade e as serras* e *Prosas bárbaras* foram meus livros de cabeceira durante muito tempo, hoje ele se não está no ostracismo, é visto como uma múmia extraordinária, como Aquilino Ribeiro, que é um dos mestres de Guimarães Rosa. Essa mania de comparar é uma doença que pegamos do eurocentrismo que os pajés poderiam ter curado, mas não existem pajés no meio acadêmico e isso é um dos sinais do fracasso do movimento antropofágico.

Tosse e apanha um lenço rosa no bolso do paletó

Possuímos essa magnífica vocação para o fracasso, veja você mesmo, antes de sermos inventados pelos portugueses, invenção que nem eles, nem nós compreendemos, aceitamos a linguagem doente dos invasores como se fosse ela mesma uma ontologia, essa carência de ontologia é nossa grande fraqueza a isso somemos a paixão pelo messianismo e um pouco da melancolia gratuita e, pimba, está feita a tese que desconstrói nossa outra vocação que é quase uma vontade de potência falhada, em contraponto, mas um contraponto falhado também, há nossa vocação para a alegria sem motivo, algo que se apresenta como a grande esfinge da alma nacional.

Acende o charuto, dá duas baforadas longas e desfaz a fumaça com um gesto nervoso da mão esquerda

Há um vazio dentro da tese do Sr. Gilberto Freyre, é óbvio que São Paulo jamais saiu, jamais sairá da Casa Grande, o Teatro Municipal é a sala, a Serra do Mar o jardim primordial, caso houvesse um encontro entre o Mário de Andrade e o Gilberto Freyre dentro de um livro escrito pelos dois talvez houvesse um esboço lúcido sobre este vazio que o Mário investigou muito bem pela porta dos fundos, e que foi ignorado pelo Sr. Freyre. O Brasil é uma flor do vazio.

O charuto apaga e ele pede fogo para o assistente de gravação que sai e retorna em cinco minutos com o isqueiro

Apenas no Brasil poderia dar certo a fusão de comunismo com surrealismo, sairíamos desse 'E agora vai...' ad aeternum e entraríamos nas harmonias do caos inscritas em nossa utopia messiânica esfacelada. É como naquele poema do Janus Vitalis: "Qui Romam in media quaeris nouus aduena Roma,Et Romae in Roma nil reperis media..."

O que vale para Roma, vale para o Brasil que tem a vocação para se tornar a SupraRoma. Aqui Brutus é o próprio povo que precisa matar o César dentro de seu próprio inconsciente colonial.

Estou um pouco cansado, podemos terminar amanhã?

O técnico entra e diz que não haverá nenhum problema e que amanhã continuamos, Oswald se levanta com certa dificuldade e caminha lentamente até a saída, o assistente lhe entrega o terno que ele veste aliviado, na calçada acena para um táxi, entra no carro e vai para seu apartamento, onde toma uma ducha, come um pedaço de peito de peru com uma taça de vinho do porto, depois se deita e morre.

O clarão

O que você faz nas suas folgas, Lúcia?

Vou até o bar do Nick beber.

Caminhar com a roupa branca de enfermeira na neve para tomar uma ou oito tequilas e sentir a mente descolando do corpo devagar pode ser uma maravilhosa forma de desaparecer de sua própria vida, eu penso, mas digo outra coisa, essa é como aquela arte que eles chamam de mágoa ou melancolia

Lúcia, veio para o Alaska, trabalhou por dois anos como garçonete em um quiosque e conseguiu concluir um curso de enfermagem e uma vaga no *Alaska Native Medical Center*. Alícia era sua única amiga, elas haviam se conhecido quando Lúcia era garçonete num bar em San Diego, anos antes de se mudar para o Alaska, sem nenhum motivo aparente. Ela acordou um dia cansada da paisagem, olhou pela janela e disse para si mesma:

Se você escrevesse um livro, seria um modo de sair daqui

Ela não conseguiu terminar a linha do pensamento dentro da fala, alguém estava batendo na janela, se levantou bruscamente e abriu as cortinas, notou que era um pássaro, um tordo que bicava o vidro insistentemente e que voou assim que ela se aproximou.

Vou encarar isso como uma ordem

Ela disse em voz alta para sua imagem refletida no vidro da janela e logo a seguir colocou tinta na máquina de escrever, acendeu um cigarro e sorriu para o céu azul, depois azul escuro e depois dourado e finalmente cinza, como um fantasma. Depositou as cinzas do cigarro no colo, se levantou e escreveu com batom no espelho do banheiro:

Nada é necessário se nosso coração deseja ser como a noite

Depois pegou a máquina de escrever, algumas roupas, colocou tudo em cima da cama, se sentou no chão e depois de algum tempo olhando fixamente para o teto, decidiu ficar acordada escrevendo.

Rimbaud: uma entrevista

Entro na tenda e encontro um homem branco com a pele escurecida, um negro criado pelo sol do deserto, ele está curvado olhando para mim com o rosto em parte encoberto pela fumaça do cachimbo com haxixe que ele fuma devagar.

Vamos logo com isso....

Sr. Arthur, de onde vim, você é colocado como um "poeta à frente do seu tempo". O que o Sr, acha disso?

Tentei morrer para qualquer tempo, o que me interessa é encontrar algo melhor do que o eterno em algum fora do tempo e antes disso encher um buraco com barras de ouro.

Além da proteção e do refúgio, o que significava / simbolizava Verlaine para você?

O fantasma da humanidade tentando me salvar de mim mesmo, da minha falta de fé nela. Creio que ele conseguiu apresentar pra mim a religião da poesia, a amizade é selvagem e o amor furioso, nenhum de nós pode separar estes dois demônios siameses, mas a consciência do corpo é uma faca que corta o fogo. Qual o nome da Revista, mesmo?

Caos — digo — mas o fato do senhor ter abandonando a miséria e o meio literário pelo comércio de armas no deserto, revela sua concreta descrença no ser humano e na literatura?

Sim, mas no comércio de armas encontrei um lugar mais verdadeiro e seres que carregavam dentro do olhar o espaço da tristeza do mundo, como os bois e os cavalos, o meio literário é uma plantação de casulos ocos recheados de espelhos cercados por raposas cegas e porcos-espinhos com inúteis asas de pavão. Qualquer escritor um pouco mais verdadeiro escreve contra a literatura.

Acha que entrando no deserto físico, adentrou seu deserto interior? Ou abandonou-o?

Adentrando na realidade total do deserto físico encontrei aquilo que a poesia realmente é, areia, vento e Sol sem a necessidade de outros deuses competindo com ouro.

Há quem diga hoje que quando você foi para a África, ao invés de abandonar a poesia na verdade encontrou a verdadeira poesia, foi isso e o que o comércio de armas e prostitutas lhe proporcionou?

O crime é a base da sociedade, através dele ela retira de si a máscara angélica e se torna um milímetro mais autêntica e menos hipócrita em relação a si mesma. Talvez o amado padre Verlaine visse as coisas desse modo, o Brasil

*está próximo disso, então penso que seu país será o primeiro
a encarar de frente o problema. Na Europa a hediondez humana está escondida por trás do véu dos museus e de uma
camada muito fina de civilização que aliás é falsa e nada
pode contra a selvageria do... (aqui Rmbaud faz silêncio e
acende seu cachimbo). É preciso reconhecer as máscaras e
depois jogá-las fora sem medo de ser devorado pelos abutres (outra pausa), do corpo destroçado o poema se levanta
como uma nuvem mas há um oceano de merda...*

Pagaria novamente o preço da própria vida (sacrificada) em prol de uma obra?

*Esse conceito é ridículo, o inescrito é bem mais sublime
desde a Etrúria...*

Se existia um mundo além das palavras para você, o
que sonhava ou criava fora dele (do mundo das palavras)?

O mundo além das palavras é a única coisa fora do sonho.

*(Rimbaud se levanta e faz um gesto com as duas mãos,
querendo dizer que a entrevista acabou).*

O anjo de vidro

Tive um sonho com Kurt Cobain, ele aparecia na janela do quarto com dois buracos enormes nas costas de onde escorria mel no lugar de sangue, acendia um cigarro e me dizia que lá embaixo todo mundo estava contaminado. O curioso é que fui dormir pensando naquela canção que eu e o Cazuza tínhamos começado a fazer inspirada no *Soneto 47* de Shakespeare, a canção era mais ou menos assim:
(pega o violão)

O que vejo e sinto, estão unidos
como o bem que cada coisa faz a outra, por vontade:
Quando desejei o seu olhar, pensava assim
meu coração ansiava pelo seu e meus olhos fechados
celebraram
a imagem do meu amor que cultivaram
E, diante do banquete, se rendeu minha emoção;
em outro tempo, o sentimento não buscava em vão,
se uniam aos seus pensamentos, o amor:

para celebrar a solidão
Onde mesmo distante, estás sempre comigo;
Pois não és mais veloz do que meus pensamentos,
que te guardam na distância feroz
a tua imagem à minha frente
sempre que começo a sonhar
Abra os olhos meu amor
Desperta
para a alegria do coração

Esse sonho com Kurt, me perturbou muito.

Desde que decidi ficar isolado aqui no quarto, lendo, sinto essa sensação de que qualquer um pode estar contaminado.

(pega o termômetro)

A febre baixou um pouco.

Por que será que os mortos nos visitam em sonho?

Minha mãe está vendo uma novela na tevê chamada *O fim do mundo*.

(vai até o piano)

Tem uma canção do R.E.M. que eu deveria ter gravado, vou cantar um pedaço para você:

Eye of a hurricane, listen to yourself churn
World serves its own needs
Don't mis-serve your own needs

Speed it up a notch, speed, grunt, no, strength
The ladder starts to clatter
With a fear of height, down, height
Wire in a fire, represent the seven games
And a government for hire and a combat site
Left her, wasn't coming in a hurry
With the Furies breathing down your neck
Team by team, reporters baffled, trumped, tethered, cropped
Look at that low plane, fine, then
Uh oh, overflow, population, common group
But it'll do, save yourself, serve yourself
World serves its own needs, listen to your heart bleed
Tell me with the Rapture and the reverent in the right, right
You vitriolic, patriotic, slam fight, bright light
Feeling pretty psyched
It's the end of the world as we know it
It's the end of the world as we know it
It's the end of the world as we know it and I feel fine

É o fim do mundo, eu sei, mas não estou nem aí.

Millôr, vou desligar porque minha mãe está gritando que está na hora dos remédios, escuta:

Renato, a enfermeira vai subir com os remédios e sua sopa.

Um beijo, te ligo amanhã.

114 *Marcelo Ariel*

(acende um cigarro e fica parado, olhando o vento movendo as cortinas)

Olha aí, onde foram parar as suas asas, Kurt.

O triunfo de Cubatão

Para todas as vítimas e sobreviventes das tragédias
de Vila Socó, Mariana e Brumadinho. Para Aldir Blanc,
Sergio Sant'Anna e para meu irmão (*In Memorian*).

"Possuir um corpo é a grande ameaça que paira sobre o espírito."

Marcel Proust

"Não há níveis de imanência, em si. O que
há, são movimentos de imanência,
a partir de pontos de transcendência, de pontos de dualismo, mas não
há nunca uma acumulação de imanência,
uma capitalização da imanência."

Felix Guattari

"difícil é ver se a luz
rima ou não rima com a mão."

Herberto Helder

Nós saímos correndo para o mangue para fugir do fogo.
Vinte anos antes eu havia entrado no mangue e visto
pela primeira vez os negros que eram albinos e viviam

em uma carroça. Eu estava perto de desertar da escola, havia pulado o muro para escapar e correr até o cinema para ver *Aurora* no único cinema que havia em Serra do Mar, mas nesse dia não havia conseguido entrar escondida na sessão e decidi caminhar até o mangue. A natureza estava sempre no lugar do filme, me esperando.

O mangue era como uma enorme linha de fuga no horizonte, desenhando a possibilidade de um outro mundo como um descanso da zona industrial que sempre me pareceu irreal como a maquete de um pesadelo das chaminés das fábricas que faziam subir nuvens vermelhas como o sangue, e nuvens escuras como as de tempestade que formavam espirais no ar, dragões e corpos humanos incompletos, talvez o espirito de crianças que nasciam mortas, que nasciam sem cérebro, se materializasse nas nuvens que se misturavam com a neblina da serra do mar, esta fusão de nuvens e neblina também era meu cinema, ela e os sonhos que constroem suas próprias paisagens.

Estou divagando, caminhando por dentro, de novo. Venha para fora Patrícia Galvão, me diz a garça que olha para mim com um olhar irônico e aponta com seu bico para a sinfonia dos sapos, no caso dela cantando o próprio réquiem, no instante em que a garça furava os olhos deles com a mais delicada fúria de todos os tempos, eles se transformavam em nuvens de sangue.

Havia a ilusão da primeira pessoa que na prática jamais existiu, tão falsa quanto a figura da exterioridade do leitor, mas é de ilusão em ilusão que se constrói essa dobra? Ainda estamos dentro do mangue, ao longe há o contorno humano de um catador de caranguejo com metade do corpo dentro da lama, um contorno de dez milhões de anos se movendo lentamente entre as dimensões da terra e da água, o contorno desaparecia e reaparecia, e na distância era como uma fusão de um molho de chaves com um polvo, aquele mundo pertencia aos espíritos da lama, da pedra e das raízes de antes da história, eles e toda a paisagem comentavam a cidade com sarcasmo, talvez este seja o último catador de caranguejo.

Em volta do mangue havia o porto industrial e as favelas, duas metástases. A favela do Atlântico era um tumor benigno, com seus mais de dez mil entes vivendo nas bordas do humano. Agora uma nuvem-baleia pairava por cima de tudo, composta por fumaça química e sopros oceânicos, uma espécie de cadáver de um deus híbrido.

Ao chegarmos no Mangue com o corpo em chamas notamos que o fogo havia seguido à nossa frente como um cão, e o mangue também estava em chamas.

O catador de caranguejos era parte da comunidade dos negros, por isso ele não se movia na direção da favela e desaparecia e tornava a submergir no chão de névoa, tudo no mangue se assemelha a uma extensão sonhada de um tempo anterior, quanto mais avançamos dentro do mangue, mais o tempo retrocede e desacelera, e enfiar os braços dentro da lama deve ser o equivalente a congelar o tempo e dele retirar suas raízes vivas: os caranguejos.

Me lembro de um momento em que me deitei debaixo de uma das árvores e acendi o pequeno escorregador dentro da mente que dá acesso ao sonho, sonhei com os negros: que havia entre eles uma menina chamada Diacov, sei o nome dela porque os negros o gritavam bem alto, ela se vestia como uma sultana, uma menina albina hermafrodita, ela colhia bananas-ouro de uma plantação enorme que circundava o mangue e gritava algo em uma língua antiga para um dos outros negros albinos que vinha correndo, havia um turbante em sua cabeça, e ela corria em circulos crescentes em volta do descampado e apontava para o Sol com o dedo indicador num gesto enigmático, ela interrompia sua corrida e olhava para mim e eu acordava. Me lembro deste sonho porque não existe mais o descampado, havia atrás dele um campinho de futebol onde os negros jogavam, tudo foi devastado para que fosse construído o acesso ao Porto Industrial.

A impressão que tenho aqui dentro é que não existe o tempo no singular, existem os tempos e a natureza reúne em si todos. O tempo cronológico é uma narrativa sem sentido, mas esta reunião de tempos, mineral, vegetal, cósmico e animal, este embaralhamento de infinitos é algo que podemos sentir nos ossos.

Cheguei hoje, bem cedo, em todas as lâminas de grama que nos recebem quando entramos, o orvalho era a medida dessa mistura de infinitos, do infinito menor das plantas com o outro infinito maior, o orvalho desce do Sol e se materializa como que por teletransporte, devem haver mundos dentro de uma gota de orvalho.

Paro minha caminhada para examinar uma espada de grama repleta de gotas de orvalho, uma anticolonização. A fotossíntese é certamente algo melhor do que a ideia de um deus, esta obsessão que temos na origem como busca de um sentido para coisas que necessariamente não necessitam de um sentido, não havendo uma origem comum a tudo e todas as coisas, isto apenas comprova a potência do encoberto.

Os negros acenderam uma fogueira para cozinhar inhame, o céu começava a converter a luz, mas ainda não estava escuro, um dos negros me viu e foi correndo avisar aos outros que logo olhavam para mim na distância menor onde podemos distinguir os rostos, mas não vemos os olhos.

O pensamento do meu próprio corpo me moveu até o calor do fogo e um dos negros, que era tão branco que sua pele parecia translúcida, me ofereceu um pedaço de inhame cozido e sorrindo perguntou meu nome e o que eu estava fazendo ali sozinha. Eu cheguei a esboçar um fio de voz por dentro, mas ele não tinha força suficiente para ser uma resposta e apenas meus olhos falaram no dialeto dos viciados em ver ao longe o horizonte se dissolvendo até que, como um galho que cai do alto, o toque da mão do negro me levou para dentro.

Chegamos aqui junto com os outros parentes, é como estar sonhando sem que ninguém desse conta do nosso estar. Os outros parentes foram esta outra voz dentro da minha com fome, mesmo na direção do cais para o mutirão dos barracos dos vermelhos como uma nuvem antes dos carás ficarem prontos e tiveram de entrar fundo por causa do toque do negro. Ela entrou no lodaçal para fincar as vigas e só porque nossa carroça quebrou a roda, fiquei aqui com a sensação de que essa voz estava desde o início esperando para o fogo da comida. O parente disse que estavam fugindo todos na direção do cais no mesmo átimo e talvez isso seja um dos efeitos do raio que havia caído dentro, e nós juntos no mato para achar a lenha, este surto de alteridade só com a luz dos nossos olhos vivendo em nós nas bordas, o capim arranha gruda e corta os limites que são falsos e o cão vinagre já estava lá se escondendo no fundo das árvores quando esperamos alguém chegar, isso acontece com o rosto da pessoa que estando em nós e é projetado em outro rosto, e temos uma verdade do cheiro do som de tudo do nosso facão fazendo lenha e algumas almas de faíscas do ser nas pedras.

Dura pouco a sensação de fusão, e em seguida me vejo parada diante de um homem baixo e totalmente branco, um dos negros, digo para mim mesma agora que minha voz retorna a seu estado de alteridade pura, ou seja incomunicável desde que abri mão da explosão controlada de palavras para o lado de fora, optando pela observação do cardume vento cósmico das palavras pensadas caindo e subindo pelo lado de dentro, a parte mais concreta do mundo, que desce em mim desde os oito anos subordinada à nossa existência, parte da respiração que tem seu próprio cérebro e seus próprios pensamentos, que nos guia para a extrema continuidade. Meu nome é Juliana e eu abandonei minha casa, digo para o negro, que me ouve com a cabeça levantada para o alto, mirando o céu metade prateado, metade dourado, que nos olhava do alto como um pássaro sem começo nem fim. Seus parentes devem estar preocupados com você. A fala revela revela o poder do senso comum e ao mesmo tempo, rastros do afeto que são diferentes do rastro prateado das lesmas que as árvores do Mangue deixam no meu corpo.

Sete anos antes estou sentada no quintal da casa que fica na Rua dos Girassóis, outro céu vermelho dourado nos vê como se fosse a sombra de uma nave espacial que se dissolveu ao se aproximar do Sol, uma convenção de nuvens contaminadas por mercúrio aproxima ainda mais do sonho nossas memórias, uma imagem transparente começa a ganhar contornos roubados de emanações da realidade da infância, sete anos é praticamente outro planeta, outra vida. Uma coruja branca pousada no muro parece ignorar minha presença, até que ela vira a cabeça e percebo que há um planeta dentro do olhar dela, e outro fora, onde tudo se dissolve.

Pegamos o danado! Diz um dos negros trazendo o corpo do cão vinagre, naquela noite sonhei com uma das crianças que nasceram sem cérebro, ela conversava com o cão vinagre, me lembro de ter acordado no meio da noite e anotado o diálogo:

Cão-Vinagre: O cheiro do rio corria até os galhos quente e era bom e bom e bom, aí a pata machucou o raio que saiu dele e mordi, mas escorregou até o céu.

Criança-que-nasceu-sem-cérebro: As luzes reverberam dentro do que ainda é.

Cão-Vinagre: Eu posso cheirar a luz.

Impossível decifrar os sonhos, eles são a linguagem e nós somos a língua.

Por que você fugiu de casa? O negro me pergunta, o Sol deixa a pele branca dele vermelha e é possível ver as veias nos braços e em parte do pescoço.

Minha mãe me disse que eu não deveria ter nascido.

O negro fica de cabeça baixa, olhando para o fogo, cutuca o fogo com um pedaço de pau e retira dali uma cará que pega com a mão e assopra, a fumaça que sai do cará é suave e se move como um peixe num aquário antes de cumprir seu destino de nuvem recém nascida.

Pega, menina.

Mordo o cará com cuidado, o medo de queimar a boca e a fome conversam dentro do meu rosto, o negro chama os outros negros que estavam pregando as estacas para fazer os barracos, eu saio correndo e me escondo perto das bananeiras que cercam o mangue.

Essa menina é doida.

Ouço um dos negros gritar para o que estava comigo e um dos raios de Sol arranha minha mente enquanto as mãos do vento tocam a música do rosto das árvores depois de um momento indefinido de tempo volto para perto da fogueira que agora está dormindo nas cinzas e Judar se aproxima de mim com uma marmita com arroz, feijão e carne moída, a fome fez com que o cheiro chegasse com força em mim, como o corte de uma gilete apenas marca a pele sem fazer sangrar.

Qual seu nome?

Levanto meus olhos como um sinal e há a notícia de um sorriso no ar que vêm do rosto dela e pulsa no meu e sem que eu saiba porque ele surge como se fosse o vento balançando as roupas no varal do quintal da casa da minha vizinha de infância.

Juliana, digo.

Come, antes que esfrie.

Há um brilho de sonho nos olhos dela.

Enquanto como, ela começa a falar como se estivesse com febre.

Aqui é triste e sossegado, não sei por que, só é ruim quando chove e fica como que enevoado, você não fugiu de mim, mas foge dos outros, mas sei que não é medo porque você não teve medo do lobo, quem fica sozinha no meio do mato, ou tem medo sem parar ou nunca tem, minha mãe me disse que é ele que nos salva, porque ele ajuda a ver as coisas de perto, o medo nos acorda de novo, sabe quando você tem um sonho ruim o medo faz você acordar dentro do sonho e te puxa para fora, você quer outra faca, a sua caiu na lama.

Não pego a faca, seguro o osso com a mão e rasgo a carne com o dente, eu gostava do cão que eles mataram, os negros matam cães e macacos para comer, esse frango eles também mataram, vivem da morte, a vida talvez seja um triunfo da morte, pensando me distraí às avessas e não percebi que ela estava mais perto de mim.

Você come com a mão igual meu avô que morreu antes de chegarmos aqui, meu pai me disse que ele foi mais longe e logo ali, pode deixar a marmita aí no chão mesmo, depois eu levo.

O incêndio começou com uma cachoeira de gasolina que saíu de um duto da Pretobrás e depois se alastrou pelo ar regendo a enorme nuvem transparente que carregava uma porta que dava para o não lugar, o espírito do fogo sobe até o Sol e leva o que encontrar pelo caminho com ele, algumas pessoas irão se referir ao acontecimento como algo feito pelas mãos de Deus.

Ela havia corrido durante horas até que o fogo ao longe parecesse ser em outro lugar, tropeçou algumas vezes no caminho e depois exausta se sentou no meio fio, isso foi antes da minha primeira fuga de casa, minha mãe estava bem atrás de mim, você já havia fugido de casa antes, se esqueceu? Quando lágrimas e suor se misturam criando a sensação de que você chegou no limite do próprio corpo e só nesse momento que o corpo se torna o que é e o fogo ao longe começa a parecer uma flor enorme agitada pelo vento forte e a fumaça que se contorcia lembra um animal agonizante que se eleva até o alto fundo de um abismo levando a matéria dos corpos até a ascese da extinção.

No fundo a falsa entropia nos impede de penetrar na densidade trágica de um fato como esse que congelou através do fogo a vida da cidade por décadas.

Vocês saem e vão até a esquina na tentativa de ver o incêndio. Olham para o céu para tentar ver melhor o que está acontecendo na terra.

Se pudéssemos compreender a voz do fogo, haveria uma chave...

Meu pensamento é cortado pelo som da voz de um bombeiro que pergunta meu nome.

É um milagre que você tenha conseguido atravessar o fogo e sair sem nenhuma queimadura do outro lado da avenida.

É o que ouço minha voz dizer antes de acordar novamente, desta vez fora do sonho.

Depois de morto, Mitra se transformou em todos os pássaros.

Chegam vários outros sobreviventes do incêndio e todos parecem possuir a mesma expressão inédita de fúria melancólica no rosto, feridos pelas asas dos pássaros que saíram do fogo, não haviam palavras para dizer o que eram os queimados, não eram mais pessoas. Eram algo impossível de ser dito.

Chegamos no Centro onde estavam sendo acolhidas todas as famílias que haviam sobrevivido ao incêndio para continuarem o milagre sem importância e êxtase diluído em palavras da própria existência.

Nós vamos medir sua pressão.

E eu estiquei o braço para a serpente medicinal, muitos bebês choravam em um coral mecânico e animal com as sirenes dos bombeiros, polícia e ambulâncias e tudo ainda estava dentro da invencível sensação de sonho que acompanha o que é tocado pela vida real.

O único jeito de sair da sensação para algo maior era morrer, mas isso eliminava a possibilidade infinita de estar mantendo de algum modo o sonho intacto sem o sonhador, eliminada a sensação, acordávamos sem o corpo e dentro do que havia criado o fogo.

Ela está sem nenhum documento.

Digo meu nome completo, nome da minha mãe e do meu pai e endereço.

Eles anotam.

Filha, agora você vai até ali, onde estão servindo sopa de feijão, depois você volta aqui e vamos fazer a triagem para te encaminhar para seu alojamento na Escola Monteiro Lobato, porque este está lotado.

Era a escola onde eu havia estudado, que fica perto da ponte de ferro ao lado do Morro São Francisco. Tomei a sopa de feijão e entrei no ônibus, que me levou como num sonho flutuante até o outro alojamento, ali meu corpo seguiu sua própria vontade e mergulhei no breu de um sono sem sonhos, acordei com os raios de sol que atravessavam as vozes de crianças brincando em um jardim.

A fila de colchões era uma metáfora da fila de caixões de alumínio onde os corpos eram jogados e se misturavam, de dez a doze corpos por caixão.

Aquilo é a semente de uma alma dentro do corpo, me lembro de ter dito isto ao ver os bonequinhos de plástico derretidos no chão, formando uma espécie de fila cinza.

Não são bonequinhos, não.

São crianças, são crianças.

Disse o bombeiro cobrindo o rosto com as mãos.

No ar do inconsolável, as cinzas flutuavam como planetas microscópicos em volta daqueles corpos convertidos pelo fogo em um enorme vazio sem nome e acima dele, a luz feroz de um céu negro caindo vertiginosamente.

Diálogo dentro do halo

Quando você disse que éramos superiores aos anjos?

Estava me referindo a dois fatos: a morte e qual é mesmo a palavra?

O silêncio?

O silêncio é praticamente outro anjo.

A respiração?

Não, ela é um êxtase estranho, não há um eu na respiração, não há um você ou um nós.

Começou a chover e procuramos um lugar para se proteger da chuva.

Vista de fora, a chuva é a grande aparição do mundo.

Não entendi, não havia mundo antes da chuva?

Não.

Talvez seja uma palavra que ainda não existe.

Existe, estou quase me lembrando.

A chuva parou, vamos voltar a caminhar?

Vamos.

Os dois caminham por algumas horas em silêncio até saírem do espaço branco.

Lembrou?

Não importa mais a palavra, estamos do lado de fora

Então eu estava o tempo todo dentro de você?

Shakespeare, breve conto em forma de ensaio-monólogo

Você entra e se senta no meio de um palco escuro, após alguns segundos a luz acende e você olha para a plateia vazia, acende um cigarro e começa

Boa noite, amigo e amigas. Esta palestra ou monólogo, se divide em duas partes, a primeira parte é uma espécie de poema em que falo sobre a voz do Poeta, o que sinto é que existe apenas um Poeta no mundo usando várias máscaras ou personas e também existe um grande ser impessoal e imanente que é o condutor do Sagrado no mundo, vamos chamar Shakespeare nesta primeira parte de 'O Poeta', e na segunda parte comento a importância da imanência em sua obra, vamos para 'A voz do Poeta'.

É um capricho do destino que O Poeta nesta noite deva falar para tantos fantasmas, daqui de onde ele está somos todos sombras de fantasmas, e para infelicidade do nosso mundo o Poeta pode ser menos do que isso, embora como todo Poeta ele possa falar de dentro de cada um de vós, graças aos seus trabalhos. Quando fazemos algo com o sagrado, isto pode no sentido transcendente prescindir da sensação de um 'eu', ou seja, da presença de uma separação entre vosso ser e o mundo, o mundo existe com mais força dentro de nós pela intervenção das vozes dos mortos, dos deuses e dos heróis, e por isso podemos visitar diversos nomes do ser além do nosso, inclusive visitar o inominável que passa a se manifestar mediado por algum ato impessoal como a criação de um poema, de uma flor ou de um universo. O ser é uma palavra que para nós significa expansão e só tem sentido se é uma energia movente, não pertences ao todo se fixo é o teu ser. Obviamente o sonho é um dos mais sublimes movimentos do ser e é também a criação comum a todos de uma máscara do universo escondido em uma paisagem que somos internamente e depois seremos exteriormente após nossa morte. O sonho que está mais presente na obra que chamo de meus trabalhos do que na arte, por isso um deles o Poeta chamou de 'sonhos de uma noite..' Demiurgos somos quando sonhamos, e atores de um sonho impessoal quando acordamos, hoje não tenho nenhuma dúvida de que é um sagrado impessoal que tece as teias da realidade, se Homero adverte que nada somos sem o auxilio dos Deuses, é por que atribuí a eles a construção desta casa cosmogônica que chamamos tempo e espaço, ou ao menos de seus tijolos, segundo alguns magos que usam a veste alva da ciência, como se quisessem envolver seus corpos num dia apenas esboçado para esta escuridão tão familiar a todos nós, minha grande questão para além da necessidade que distrai a Alma, que respira o mundo e principalmente para além da vaidade que desvia o curso do rio de nosso espírito para um deserto de ossadas. Ah sim, a ossada e o riso da caveira são como a visão de uma casa abandonada onde na sala cresce uma árvore. Pois bem, as ossadas e os sonhos são também máscaras do sagrado e assim comparecem em meus trabalhos, mas continuemos, pois, o acaso não tem pressa e devo ser breve, tudo o que habita a eternidade se disfarça em nosso mundo de misteriosa brevidade, a gota de orvalho onde cabe o corpo do próprio Sol, o grão de areia que contém em si a forma da terra inteira e o discurso de um fantasma, fantasmas é o que somos se apenas nossas vozes comparecem no centro de um pensamento. O fantasma do pai de Hamlet é a evocação do silêncio do Éden, justamente aquilo que foi assassinado, o paradisíaco é o verdadeiro rei assassinado, não me lembro do porque do Poeta ter escolhido a Dinamarca, talvez, pelo mesmo pudor que impediu Dante de citar Rimini, sua cidade, no inferno. Temos então os sonhos, os fantasmas e o Paraíso ocultos em um reino que por pudor, o Poeta chama de

Dinamarca, quanta luz poderia advir de nossa consciência selvagem em oposição a nossa falsa nobreza. Me perdoem a vagueza, um dos males dos povos, a vagueza e a selvageria, o Poema que exalta a voz do ser é o principal personagem dos trabalhos do Poeta, tendo em mente desvelar nele mesmo a máscara do Sagrado, mas ao retirar de si tal máscara, se veria ele um miserável, reles copiador de enredos, despreocupado de qualquer originalidade, incompetente para a vida prática, não se enganem com copiados enredos, 'O sagrado como um ato impessoal ou a ausência dele e a aniquilação do ser' estes foram o centro dos esforços do Poeta, escrevendo sobre o infinito escondido em algumas máscaras, paisagens de sonho, a vida dos reis no fundo é a vida dos réus e de mortos insepultos, o fantasma dos reis e dos césares caminha na terra e levará mais cedo ou mais tarde todos para um pequeno apocalipse encenado pelo silêncio de flores e pela dança do fogo... A maior obra do Poeta foram os sonetos que Ele escreveu a partir de uma voz que vinha de muitos tempos, livre da névoa dos enredos e da obrigação de reduzir as vozes do mundo a um emaranhado de novas histórias para o enlevo dos que cultivavam uma importância exagerada para si mesmos, como Pavões cegos assim seguem até hoje os poderosos deste e do outro mundo, Reis e Rainhas e nosso trabalho exalta o maior poder do mundo, o de amar e perdoar... Não apenas os personagens passam o tempo interno das peças tentando um acordo entre suas palavras e seus atos, nós também, que aparecemos para a grande magia do tempo como invisíveis fantasmas, mas podemos despertar dentro deste poema ilimitado como um céu, como pássaros que carregam ainda fragmentos do próprio nascimento em suas asas, suficientes para impedir o voo da alma, pássaros com o voo dentro de si apenas e através desta e de outras contradições ainda assim nos encaminharemos para a ação que é o centro de nossas vidas, esta ação que é o objetivo dos poemas, a ação de ver o sagrado que se esconde principalmente dentro das coisas sem nenhuma importância, a transcendência que mora no cotidiano, como a guerra dentro da paz, obviamente Hamlet para mim é o poema e como todo poema serve ao imanente porque vem diretamente da alma, da alma do mundo, esta parte de nós que se lembra de coisas que aconteceram séculos antes de nascermos. E o que é um poema senão isto que este poeta chamou de ' Imitação do cosmo', a única natureza que o poema imita, caso não seja ele ofuscado pelo demônio da vaidade, é esta. Jamais o Poeta desejou ser um sábio de cem séculos, não era ele assim tão vasto quanto uma cova funda cavada no seio das estrelas. Foi apenas um comerciante que serviu a seu modo e a uma singularidade exterior a si mesmo, como fazem os anjos, e artistas são anjos, a imagens do sagrado cunhado por asas costuradas pelo ímpeto de voar para dentro do mundo que se projeta no próprio corpo. Em todos os seus trabalhos o Poeta jamais almejou elaborar uma escada para a grandeza do individuo, talvez tenha pensado em exaltar aqui e ali a grandeza do homem comum, seja ele rei, mendigo ou mendigo rei. Lear é qualquer homem velho que seja julgado pelas Parcas, poucos conseguiram ver no Poema Hamlet uma alegoria da perda do Éden que talvez se localize em algum ponto obscuro da África ou da Amazônia e não apenas em Hierusalém, possivelmente seus limites terminem na Palestina onde deve estar a Árvore do Conhecimento do Bem e do Mal. Falemos um pouco daquilo que o vilão que mora no tempo se esforça em tentar, para nosso pesar apagar, da mocidade do Poeta que decorreu num tempo em que o povo inglês se sentia apaixonado pelos divertimentos dramáticos. A corte ofendia-se facilmente pelas ilusões políticas, e tentava em vão suprimi-las. Os Puritanos, eram um partido grandioso e enérgico, e as pessoas religiosas, que podem ser até os dias de hoje este muro entre o Sagrado e o cotidiano, no caso as pessoas religiosas da Igreja Anglicana, pretendiam fazer tabula rasa destas ilusões que simulam sonhos. O Povo, porém, desejava sonhar. Os teatros eram pátios de estalagem e recintos improvisados nas feiras campestres e estavam sempre prontos para os nômades-atores, para os atores ambulantes, o povo tinha experimentado este novo prazer, e do mesmo modo que não poderíamos, presentemente suprimir os jornais, nem sequer com a ajuda do mais forte partido, nenhum rei ou poderoso algum, puritano ou não, poderia suprimir um órgão que era ao mesmo tempo balada, epopeia, jornal, crônica, poema, rito, conferência e biblioteca, assim deve ser inclusive nos dias de hoje, onde nós, fantasmas para o Passado vivemos. Era muito importante para os trabalhos do Poeta a posse do espírito público, de um Daimon coletivo, como o que foi outrora sonhado e por isso tão real para o divino Platão. O Sagrado nada mais é do que uma ética interna deste espírito público que se manifesta pela memória das mais sublimes e suaves coisas exteriores ao nosso próprio ser. Obviamente o Poeta pilhou, em histórias antigas, enredos que foram apenas o fundo para que este espírito falasse através de seus poemas, havendo poemas que sirvam ao espírito público não haverá a necessidade de nada para além deste Poema que exalte o viver dentro da Graça deste momento de sonho eterno e impessoal, como certas tribos bem o sabem. Qualquer um de nós sabe que um poeta que aparece em uma época iletrada, absorve na sua esfera toda luz que se irradia por toda parte, mas a delicada tarefa do Poeta é a de trazer para o povo, imagem simbólica que em essência dispersa a mônada do gênio, isto que era chamado de Daimon pelos divinos de outras eras, e que é também a intuição transcedental que fala pela voz dos poetas e que todos nós possuímos em menor ou maior grau, e o poeta recolhe por intervenção deste dom misterioso o trabalho de desvendá-lo como um monge, toda e qualquer joia intelectual, flor de sentimento que venha a ser encontrada, acabando assim por estimar a memória na mesma medida que estima a invenção, pouco se preocupa o Poeta com a proveniência de ideias que porventura brotavam no jardim do seu cérebro, o Poeta conhece a centelha da pedra verdadeira, jamais imaginava que seria em tempos futuros sempre inimagináveis e por isso mesmo divinos, um dramaturgo investido de funções sagradas, ou seja consagrado, e quais seriam estas funções sagradas que a verticalidade veloz do tempo, o movimento do cosmo, nosso pai e nossa mãe, teriam nos dado senão a de sermos cada um de nós o Poeta, como uma semente enterrada no jardim da Alma, cujos frutos são qualquer coisa e fato menor, quase invisível que toque o sublime, no cotidiano ou na história, mas é necessário ter espírito para reconhecer o espírito e ter uma profunda fé nos aspectos sagrados que envolvem nossa própria miraculosa presença no mundo, isto que confere a cada coisa que nossos olhos tocam, a condição de um ser igualmente miraculosa, O poema me parece também o único modo da imagem e atos de vosso ser chegarem ao conhecimento dos divinos personagens desta silenciosa comédia e tragédia que significa tudo cujas cortinas se fecham para cada um de vós na hora certa abrindo por dentro vossos olhos para que vejam o interior deste infinito teatro do cosmo. Sabemos agora porque estamos no tempo presente que o que a voz do Poeta em nós chama de Passado, a voz dentro do corpo chama de 'Eterno'. Outra coisa que não posso deixar de dizer é que O Poeta devia sua originalidade à originalidade de outros, estando assim seu ser mais no Outro do que nele mesmo, ele foi capaz de ouvir esta voz de todos os corpos que chamamos de 'Alma' e por isso chamar a um homem que perdeu tudo o que amava de Próspero, porque perdendo tudo, encontrou si mesmo, deste mesmo modo podemos dizer que somos Poetas desde que encontremos em nós esta mesma prosperidade de perder a si mesmos para encontrar o mundo e este é o Fim de todo Poema.

Aqui você tosse e descansa um pouco a voz, apoia a cabeça com as mãos por alguns segundos e após beber um copo de água continua

Agora na segunda parte vamos fazer alguns comentários sobre a relação entre nosso trabalho e a obra de Shakespeare. Encaro Shakespeare como uma parte do Ser Poeta em todos os tempos, podemos ser poetas em nosso tempo, mas se mergulhamos mais fundo ainda, seremos poetas em todos os tempos, o que exige um diálogo com a tradição. Ele usava a tradição como base para a invenção, é como se em cada evento ou rito antigo, seja um casamento ou a escritura o já dado fosse um convite para inventarmos um modo de comunicar a diferença ou singularidade que temos e podemos ser, e Shakespeare partiu sempre da singularidade e diferença do Poeta, a dramaturgia até os dias de hoje ainda não é vista como parte da literatura porque ela atua na dimensão do poema que também é visto com certo distanciamento por ter uma origem parecida com a da dramaturgia, a oralidade que é profundamente ligada a um modo de sentirmos o sagrado, basta ver o uso duplo da palavra oração por exemplo em nossa língua e em outras, a língua é a mediadora do Sagrado, por isso o Verbo é conjugado em estados do ser acessíveis para a singularidade do individuo, para nossa singularidade, somos eus, mas também eles, temos acesso pleno a diversas alteridades através do Poema e esta é a condição também do dramaturgo. Está nas mãos dos dramaturgos como poetas a possibilidade de recuperar a dimensão sagrada que a palavra tinha quando a oralidade era o centro da cultura, tinha e tem, porque isto ainda é um fato para alguns povos tradicionais.

Em Shakespeare o poema está em primeiro lugar e o enredo em segundo, o enredo está ligado a sucessão de eventos que em nossa vida podem ser chamados de biografia, mas o que dizemos e o modo como o dizemos, a vida falada é o mais próximo do Sagrado e não totalmente subordinado a biografia que podemos transcender através do encontro com um novo modo de dizer o mundo que pode ser de alguma forma precisamente o modo dos antigos ou algo singular e desconhecido que podemos inventar a partir da tradição, como fez Shakespeare. Me pergunto o que seria do nosso mundo se o Poema estivesse acima da economia, havendo a possibilidade da invenção de uma economia poética a partir de uma nova jurisprudência, o que é bem ilustrado pelo *Mercador de Veneza* onde uma dívida ganha contornos éticos bem delimitados e alcança graças a invenção shakespereana a dimensão poética e através desta se torna a evocação de um estado do sagrado, que é recorrente na obra de Shakespeare, o poder das palavras. A palavra no bardo é um fundamento do ser ou de um pré-ser que modifica o real, assim aversão, indiferença e ódio declarado se converte em amor por meio de um uso preciso e principalmente mágico da palavra, em *A megera domada* a premissa do sufismo 'ame aquilo que você odeia' está devidamente explicitada. O bardo está ciente desde o inicio que o mundo criado com palavras pode modificar no sentido da magia e da alquimia o mundo objetivo, hoje somos usados pelas palavras e poucos conseguem abrir os selos, ou seja, perceber nas palavras a dimensão demiúrgica de criadora de cosmogonias, mundos e universos. A obra de Shakespeare por ter se inspirado na mitologia bíblica sem citá-la diretamente e confrontá-la com as tradições da história e da literatura oral antigas se torna ela mesma uma espécie de dimensão cosmogônica, podemos dizer que ele substitui a metafísica *Cidade de Deus* de Santo Agostinho por uma poética *Cidade de Shakespeare* que atravessa os tempos para que tenhamos a exata noção do que torna o humano humano, ele é o artífice da invenção de um humano como um meio para o sagrado que se manifesta para além da moral e da metafísica, a vida de um morador de rua graças ao *Rei Lear* tem a mesma aura da de um rei sem um reino. A vida de um garoto fumando crack acontece na mesma esfera de tragédia existencial de Hamlet, todos os casais contem em si fragmentos de seus Sonetos, temos com a obra deste Poeta uma relação de imanência e os atos de nossa vida postos diante de uma cena de uma de suas peças podem se revelar como mediados por um poema que não foi escrito por ninguém, porque nós o estamos vivendo agora.

Muito obrigado.

Você agradece, finge que vai se retirar dando dois passos para trás e, de repente, volta e diz encarando a plateia

"(.....) Que o amor cujos olhos estão sempre vendados, tenha que encontrar sem visão nenhuma o caminho franco para seu desejo (......) Aqui onde o ódio dá muito trabalho e o amor ainda mais. Ah, o amor tão pleno de conflitos e delicadas violências! Ah, o ódio amoroso que envolve todas estas coisas que vieram do nada e irão para o tudo. Levezas pesadas, egoísmos nada sutis, vaidades rigorosas. Caos de formas desejadas chamado vida. Pluma de chumbo que flutua, sono acordado que sonha em pleno dia e tudo que é mais do que é... Assim te sinto, Amor "

Dito isto, você desce do palco, caminha serenamente até a porta de saída e como se estivesse acordando, se agacha e abraça o velho negro que está deitado na calçada.

3 Paródias de Franz Kafka

Diante da UTI

Diante da UTI está um paciente jovem deitado em uma maca. Um homem velho — o pai do paciente — chega até o enfermeiro e pergunta quando poderá entrar. Mas o enfermeiro diz que agora não pode permitir-lhe a entrada. O homem velho pai do jovem de 22 anos reflete e depois pergunta se então ele não pode entrar mais tarde.

É possível — diz o enfermeiro. — Mas agora não há vagas.

Uma vez que a porta da UTI continua como sempre, aberta, e o enfermeiro se põe de lado, o homem velho se inclina para olhar o interior através da porta. Quando nota isso o porteiro chora e diz:

— Sei que o seu filho precisa como tantos outros, veja a fila no corredor, se dependesse de mim.... Mas veja bem, eu não sou o filho da puta que disse que era só uma gripezinha. Sou apenas o último dos enfermeiros de plantão.

De sala para sala, porém, existem enfermeiros e médicos cada um mais desesperado que o outro. Nem mesmo eu posso suportar mais a simples visão do corredor.

O vírus disse

"Ah", disse o corredor dos Jardins, "o mundo torna-se a cada dia mais plano. A princípio era tão redondo que me dava medo, eu continuava correndo e me sentia feliz com o fato de que finalmente via à distância, à direita e à esquerda, as ruas, mas essas longas ruas convergem tão depressa uma para a outra, que já estou no último quarteirão e lá no canto fica o cemitério e nele a cova para a qual alegremente corro." — "Você só precisa retirar a máscara", disse o vírus antes de devorá-lo.

Não há vacina

Era de manhã bem cedo, as ruas limpas e vazias, eu ia para o posto de saúde. Quando confrontei um relógio de torre com o meu relógio, vi que já era muito mais tarde do que havia acreditado, precisava me apressar bastante; o susto dessa descoberta fez-me ficar inseguro no caminho, eu ainda não estava acostumado com o fato de andar novamente pelas ruas, mas felizmente havia uma enfermeira por perto, corri até ela e perguntei-lhe sem fôlego pela vacina. Ela sorriu e disse:

— Você quer saber se temos doses?

— Sim — eu disse —, uma vez que não posso me deslocar até outro país.

— Desista, desista — disse ela e virou-se com um grande ímpeto, como as pessoas que querem estar a sós com o seu pesar.

Walter Benjamin fala sobre Hilda Hilst na USP

Esta minha fala vai se dividir em duas partes: na primeira falo de um modo um pouco elíptico sobre o entrelaçamento na obra de Hilda Hilst, entre o pensamento filosófico mais afinado com a poesia e com o discurso poético dos místicos, e na segunda parte faço algumas perguntas surgidas a partir de duas décadas de leitura da obra de Hilda Hilst, as perguntas, segundo uma amiga minha poeta, são uma forma superior de abertura para o diálogo e uma função nobre da crítica que permite que o Outro possa escutar a si mesmo e ao seu interlocutor e uma luz se faz sempre que um encontro é possível, principalmente um encontro mediado por uma pergunta, se não somos uma pergunta como afirmava Clarice Lispector, como poderemos abrir o espaço para o 'Eu que pode ser Outro'?

É óbvio que a poesia e a prosa de Hilda Hilst permitem uma interpretação alegórica, simbólica e mística, mas quando se trata do símbolo a via de acesso é a interpenetração que começa com a visão interior daquilo que se lê, é correto dizer que vivemos em uma floresta de símbolos ofuscada pela ideia da metrópole, que se tornou há tempos uma simples alegoria funcional que certamente fracassa em sua tentativa de criar condições para que o Ser floresça, discordo de certos pensadores que veem na natureza o não-ser e nisto estou afinado com a obra de Hilda que como Lezama Lima via na natureza a sobrenatureza e no corpo uma extensão dessa sobrenatureza, portanto aqui o natural é o sobrenatural e quem procura um aprofundamento no mundo das visões interiores que são um acesso consciente para o conhecimento que reside nos símbolos, certamente abandonará as cidades grandes e irá procurar a vida do campo, nisso Hilda Hilst concorda com Heidegger, um pensador muito afinado com as fontes antigas das tentativas de aproximar o pensamento do viver imediato e não da ideia do viver, ou seja, afinado com uma ontologia, como diz Wilhelm Weischedel para Heidegger "o pensamento não deve meramente permanecer em si mesmo, mas tem de intervir na existência, particular e pública, transformando-a (.....)" Para esclarecer o entendimento do ser, Heidegger, em análises minuciosas, falar do homem como o lugar do entendimento do ser. Não se baseia em um conceito abstrato do homem, mas no homem concreto, empírico e em seu auto-entendimento e auto-experiência. Também não considera o homem de um ponto de vista fora dele mesmo, por exemplo de Deus ou de um espírito absoluto, mas tal como ele aparece, em sua própria perspectiva, para si mesmo. Sob esse ponto de vista, Heidegger mostra que o homem não está aí como uma pedra ou uma árvore, mas tal como ele vive, nas e das possibilidades no sentido das quais ele se projeta (....) Fala de seu 'ser no mundo' e de seu 'ser com outros' em uma concepção em que o homem possui em relação a todos os outros entes a prerrogativa de que o mundo, sem a sua intervenção permaneceria fechado, abre-se por meio dele, sendo visto, sentido e reconhecido".

Ora estas são para mim as bases fundadoras de uma mística que tem em seu centro o homem e não o sublime, mas antes que se manifeste o mundo antes o nadifica, nisso discordo de Heidegger, o nada não nadifica porque o nada é uma impossibilidade, o mundo começa por nadificar, e aqui estamos no primeiro entrelaçamento que é apontado pela obra de Hilda Hilst em *Com meus olhos de cão* do qual cito para ilustrar o que digo esse trecho da página 36: "Largar a casa, Amanda, filho, universidade. Ter nada. Perto de um muro encostar a carcaça e aí vem alguém: ta com fome, moço? Digo que sim e vem o pedaço de pão (sem manteiga) e o prato de comida. Ou não vem? Ou vem aquela frase: Parece moço ainda, não pode trabalhar? Estertoro, digo que não, idiota, não vou trabalhar nunca mais. Porque senti naquele instante aquilo e compreendi naquele instante aquilo, ouviu? Chamam a polícia, será? Só porque me encosto no muro de alguém e estertoro? O da Cruz, por muito menos escorraçaram-no. Só para limpar o suor. Ganhar fôlego. Senti o não sentível, compreendi o não equacionável. "

É nítido neste trecho o que nadifica, como a pergunta abre uma porta para o diálogo com o Outro desconhecido seja ele o leitor ou o passante que são praticamente símiles, e como o mundo se manifesta a partir de uma visão que se torna sensação que é contornada e não equacionada como coisa, mas como luz que ilumina o interior ao revelar os processos de nadificação do ser, a energia da recusa é a gênese de uma abertura para a pergunta também como crítica que instaura logo depois de seu enunciado uma possibilidade de agir na direção do mundo jamais pronunciado, jamais sentido, jamais equacionado e podemos dizer que existe sim nesta obra e em outras como *Kadosh*, uma mística da energia da recusa como o elogio de uma primeira iluminação derrisória. Os moradores de rua na obra dela estão dentro dessa mística da energia da recusa que conhece o que é recusado e não apenas o nega, o nega e intervêm nele ao mesmo tempo, como figuras que não são vistas, jamais vistas, perguntas vivas jamais respondidas, estes seres que ao recusar a negação penetram naquilo que ela simboliza e sentem dentro de si a visão interior do que o homem é e não do que ele pode ser, cancelando o devir e dando uma chance do mundo se manifestar como uma sobrenatureza natural. Hilda tomou em sua obra o delicado e preciso cuidado de não mistificar, nem romantizar a derrisão, mas apontar a queda na consciência da nadificação promovida pela negação da morte, de Eros e do corpo como via de imanência e Amós Kéres, protagonista de *Com meus olhos de cão* é não apenas um duplo da Senhora D., é também um ente nadificado que vive como nós na iminência, nas perigosas bordas do ser, que um escritor muito caro para Hilda, Guimarães Rosa em seu conto *A terceira margem do rio* se referindo não apenas a um rio identificado com a temporalidade, mas com os processos de 'colocar à margem' a humanidade (pela via do policiamento e opaciamento da infância), o mundo (pela via do esquematismo que tenta equacionar a natureza em uma funcionalidade abstrata, e podemos dizer também econômica porque o capitalismo nada mais é do que um simulacro dos modos da natureza que precisa destruir o original para se tornar absoluto como uma transcendência negativa do natural) e Rosa aponta uma terceira via por onde o ser pode navegar (subir e descer infinitamente fora do tempo cronológico) que é a via da ontologia poética, este rio é obviamente um símbolo onde o personagem entra, a terceira margem do rio pode ser uma via poética de imanência por onde caminham e onde se dissolvem e silenciam praticamente todos os personagens dos romances e novelas de Hilda Hilst em suas crises místicas. Eles entram em um corpo-a-corpo com o corpo do mundo que em um dado momento se confunde com o corpo do DEUS, ou seja, com a figura que é erroneamente usada como pretexto para nadificar, nivelar ou ocultar em sua impensável sombra inexistente todos os símbolos que vieram de séculos e séculos de tentativa de entendimento do mundo, a mistificação do Absoluto é uma porta fechada para a possibilidade de manifestação da transcendência.

Os antigos criaram símbolos que jamais negaram o corpo e jamais negaram o mundo como um lugar sobrenatural ou onde o natural é uma camada, um véu do sobrenatural, a Alma nos textos de Hilda Hilst é uma recuperação desta visão dos antigos e está entranhada no corpo e não é uma estranha abstrata distante anos-luz do momento em que vivemos, momento que precisa ser problematizado pela energia da recusa que é iniciada pela pergunta, a pergunta é muito mais importante que a oração, que o mantra, que a prece, a pergunta sendo uma via de acesso ao silêncio movente que se instaura no corpo ao lado de uma angústia e não dentro dela, nas bordas de um abismo e não dentro dele. Kadosh foi criado por Hilda Hilst como um duplo de Hamlet, os duplos como sabe quem lê a obra dela, são o modo como o ser se manifesta, o ser é duplo mas não dicotômico, eis aí um paradoxo do ser... Kadosh e Hamlet são movidos por perguntas, são seres-pergunta, a princípio o livro *Kadosh* se chamava Qadós e antes de morrer a autora por sua livre e expressa vontade pediu para mudar para *Kadosh*, "a palavra Qadós que vem do Hebraico e que no seu significado original quer dizer "tudo aquilo ou aquele que é separado por Elohins para um culto, serviço ou sacrifício". A palavra Qadosh também vem do hebraico e significa "santo". Então quais os atributos que diferenciam estas palavras QADÓS e KADOSH? Qadós é um adjetivo que está relacionado à tudo aquilo que o próprio Elohins separou, ou seja, quer dizer que fomos separados de tudo aquilo que não foi chamado à existência por Elohins e que por isso a nossa verdadeira identidade é a santificação e Qadós significa que fomos criados para o sacrifício e extrema nadificação da morte por Elohins como vemos a nada simples substituição de uma palavra no título por outra, atesta e aponta os sinais do que para Hilda Hilst eram as bases de sua mística, a princípio somos seres separados do mundo e aqui Elohins ou o Absoluto é identificado com 'O mundo' que nadifica, então em Qadós somos seres criados para sermos sacrificados e depois em um segundo momento em *Kadosh* que se identifica com o 'mundo como revelação', os seres são destinados a santificação que é justamente a casa no meio da floresta de símbolos, a casa que está em oposição à cidade e sua nadificação que não nos nadifica completamente porque somos capazes da pergunta e do enigma chamado vida do corpo e a partir dela e da santificação laica que é vivida por alguns personagens da obra de Hilda Hilst, podemos eleger a palavra como algo que toca no sagrado de tudo o que é natural no corpo, a merda, o cú, a buceta, a pica que possuem dentro do mundo em Kadosh e não mais em Qadós, o mesmo status das Estrelas, Galáxias, Mares e Oceanos, o mesmo do Sol, a consciência disso de um modo misterioso aponta um limite para a nadificação. Dito isto e com o que realmente ilumina dentro do não dito e do sempre por nós silenciado, vamos para as perguntas, a segunda parte desse entrelaçamento:

Por que e como Tu não te moves de ti? Onde fica em nós, dentro de nós, o lugar onde o obsceno e o sagrado são uma só coisa? Como a lucidez se tornou a pele da nadificação? E disso a obra de Hilda dá testemunho, não consegue possuir o corpo inteiro, apenas forma uma estrutura, um envoltório em volta do corpo, uma pele artificial que ofusca as visões do mundo em seu gênesis contínuo, em seu paraíso sempre começando e sempre sendo ofuscado pela névoa, e no meio dela entrevemos apenas a árvore da terminologia, mas para além da árvore da terminologia, o zumbido do eu se torna cada vez mais abstrato e o poema cada vez mais nítido, se o poeta voar um pouco mais alto se torna um místico, se o místico em sua compaixão descer um pouco em nossa direção se tornará um poeta, nestes dois casos o zumbido do eu é substituído pela música da vida, Hilda Hilst em sua trajetória realiza este dois movimentos ao mesmo tempo, e a vida aparece em sua potência hierogâmica, de matrimônio sagrado entre o corpo e a Alma imortal, que como todos nós podemos intuir era como os antigos chamavam tudo e todas as coisas, podemos acrescentar que em Hilda Hilst a figura da passagem, do atravessamento acontece através da criação de uma contrametafísica do Pai/Deus, como no Abraão de Kiergegaard existe o ato de se colocar diante da pedra de evocação que se confunde com o corpo do Deus em seus silêncio e evocar a presença através da pergunta. Kadosh é ele mesmo um ser-evocação. A aproximação e o entrelaçamento dos textos de Hilda com o prolongamento de questões da mística mestiça de Nikos Kazantzakis, de uma mística mestiça de evocação em enfrentamento serão objeto de outro trabalho, aqui apenas a evocamos, dizendo que a obra de HH incorpora além do estranhamento-entranhamento de uma contrametafísica de enfrentamento da morte de Deus pela evocação da presença da aura de sua carcaça irradiada no mundo como pergunta, também a demanda de uma mística mestiça, de entrelaçamento. Concluo assim minha fala e aproveito para agradecer pela generosa atenção de todos.

Walter Benjamin se levanta, apanha sua bengala e sorri para a luz que entra pela janela da sala, um negro de olhos azuis levanta a mão.

Roberto & Bolaños

Roberto: Homônimos são uma prova do engano de Joyce, quando escreveu que 'não há nada dentro de um nome', veja só, nós dois temos praticamente o mesmo nome e deve haver algo nisso.

Bolaños: Não, creio que é apenas uma coincidência, uma coisa que esconde de si mesma o nada, ou seja, sua causalidade, a propósito, não consegui passar da página 30 do *Ulisses* e não li nenhum livro seu.

Roberto: Sempre carrego um dos meus livros de poesia comigo, como se fosse uma arma, pronto, agora você tem um dos meus livros.

Bolaños: Trouxe uns dvds do *Chaves* para você, não sei se é uma troca justa.

Roberto: Com o tempo terão o mesmo valor das peças de Brecht, acho.

Bolaños: Você também é bom com piadas e o título de seu livro de poemas é profético: *Três*.

Roberto: Sim, pensei nisso quando escolhi... Na verdade estou blefando, apenas peguei o que estava mais próximo e saí correndo, o táxi estava me esperando na porta do hotel.

Bolaños: Uma vez, num sebo e só me lembro disso agora, lembro ou invento, dá no mesmo, encontrei uma plaquete sua chamada *Reinventar o amor* ou algo assim, não comprei, mas agora penso que deveria ter comprado.

Roberto: Posso enviar para você pelo correio, seria fantástico ver você lendo em voz alta qualquer poema meu, seria como Cantinflas lendo Violeta Parra.

Bolaños: Soaria como um chiste.

Roberto: Não, soaria como algo trágico e místico.

Bolaños: O meu trem chegou!

Roberto: Que trem?

Bolaños: Costumo dizer isso quando tenho de ir embora para algum compromisso, vamos tentar marcar novamente.

Roberto: Vamos, espero me lembrar disso quando acordar.

Bolaños: Eu também.

Glauber Rocha transcrição do horário político eleitoral

Às vezes me pergunto qual será a herança da fome nacional? Quando iremos trocar a estética da fome pela estética do sonho. Setecentos mil morreram e vocês não fizeram nada! Nada!

> o pássaro sagrado é velho feio
> doente e fraco
> o pássaro sagrado que vive
> dentro de um ouro
> no alto da árvore que entra nas nuvens
> Com as penas da coroa deste pássaro
> se faz a coroa da eternidade.

É injusto que a História seja feita pelo povo e a escrita pelo poder. O poder que não teme seu povo não combate à pobreza, [A pobreza] que repercute de tal forma que o pobre se converte num animal de duas cabeças: uma é fatalista e submissa à razão que o explora como escravo. A outra, na medida em que o pobre não pode explicar o absurdo de sua própria pobreza, é naturalmente mística. O poder constrói a miséria que é uma degradação da pobreza e usa politicamente a fome. O povo não come, mas tem vergonha de dizer isto; e, sobretudo, não sabe de onde vem esta fome. Sabemos nós — que fizemos estes filmes feios e tristes, estes filmes gritados e desesperados onde nem sempre a razão falou mais alto, — Nós sabemos que a fome não será curada pelos planejamentos de gabinete e que os remendos das telas não escondem, mas agravam os tumores. Assim, somente uma cultura da fome, minando suas próprias estruturas, pode superar-se qualitativamente: e a mais nobre manifestação cultural da fome é a violência, diante do apocalipse da fome, dou meu vaticínio de profeta: Eu, Glauber Rocha, não morri na cruz da sexta feira da paixão e depois do terremoto segui minha vida pelo mundo e esta é a terceira e definitiva, do Palácio Rio Branco raiará a luz antes do século 3. O rei da morte será o rei da vida. O povo pobre será o povo rico, a cruz desaparecerá e os símbolos serão infinitos. O povo estará unido em torno do grande Pajé, espelho de Deus, e os signos conjugados criarão o horóscopo sem destino. Querer é poder e assim guiarei as doze tribos em direção ao Inferno e das cinzas do inferno nascerá o Paraíso.

O Francês e o Capitão

Jean Genet entra no táxi que o levará até o esconderijo do Capitão Carlos Lamarca.

— O teatro e a literatura não me interessam mais, minha atividade principal hoje é a política, os atores quando entram em cena, não sabem que estão mortos, com os guerrilheiros acontece o oposto, eles sabem que estão vivos e poderão ser mortos, isso é totalmente diferente e exige uma coragem mística.

O motorista do táxi é um japonês de óculos que permanece calado durante todo o trajeto. O táxi para em frente a um bar e Jean Genet sai e é guiado por uma mulher negra alta até os fundos do bar, onde Carlos Lamarca está sentado em uma cadeira de vime gasta, fumando um cigarro continental sem filtro. Jean Genet se senta em um tamborete que é estrategicamente colocado de frente para Carlos Lamarca, a negra sai e entra uma outra mulher negra que diz em francês fluente para Jean Genet que irá ser a intérprete:

Carlos Lamarca: *Soube que o senhor é muito admirado pelos irmãos e irmãs Panteras lá no Norte, por isso topei esse encontro.*

Jean Genet pergunta o nome da intérprete negra. *Maria Carolina* ela diz.

Maria Carolina diz para Jean Genet que Carlos o admira muito por causa dos Panteras Negras e que esse é o motivo dele ter aceito o encontro e que se sente honrado.

Jean Genet: *É uma grande honra para mim poder, de alguma forma, colaborar com seu movimento de resistência contra o regime ditatorial brasileiro, me disponho a colaborar com uma pequena soma em dinheiro que alguns amigos meus intelectuais na França arrecadaram para sua causa. O Senhor tem em mim um colaborador e se assim for possível, um amigo.*

Maria Carolina diz para Carlos Lamarca: Ele está oferecendo dinheiro para nos ajudar e disse que conhece muitos outros intelectuais na França que poderiam enviar dinheiro...

Carlos Lamarca: *Seria melhor se enviassem soldados, mas toda ajuda é útil. O senhor esteve com a camarada Ângela Davis?*

Maria traduz para Jean Genet que afirma ver em Lamarca a mesma aura de Ângela Davis e pergunta para Lamarca se ele tem medo da consciência que indica que ele irá morrer sem ver o resultado de sua luta.

Carlos Lamarca: *É o próprio medo quem cria algo capaz de neutralizar essa consciência, a morte para quem luta é parte da luta, o senhor não vê desse modo?*

Jean Genet: (se esforçando para falar em português) *Obrigado por estas palavras, Camarada.*

LIVRO TRÊS

A PRÁTICA DO POEMA COMO UM ARCO ENTRE O CÉU E A TERRA

Um ensaio místico-político

Poeta é aquele que olha. E o que vê? O Paraíso.
Porque um Paraíso está em toda parte. Não cremos
nas aparências, porque elas (.....) balbuciam as
verdades que escondem. Com meia-palavra, o
Poeta deve compreender, porque de novo diz essas
verdades. Age o sábio de outro modo? Também
ele busca o arquétipo das coisas e as leis de sua
sucessão. Recompõe, enfim, um mundo idealmente
simples, onde tudo se ordena com naturalidade (....)
O Poeta, aquele que sabe que acredita, adivinha
atrás de cada coisa (e uma única lhe basta) o
símbolo, a fim de lhe revelar o arquétipo (.....) o
Poeta contempla. Debruça-se sobre os símbolos,
desce bem fundo até o coração das coisas.

André Gide em 'O tratado de Narciso' Trad.
Luiz Roberto Benatti (Ed. Córrego)

Sempre pensei que filosofia e poesia não são duas
substâncias separadas, mas duas intensidades que
percorrem um único campo da linguagem em duas
direções opostas: o puro sentido e o puro som. Não
há poesia sem pensamento, assim como não há
pensamento sem um momento poético. Nesse sentido,
Hölderlin e Caproni são filósofos, assim como certas
prosas de Platão ou de Benjamin são pura poesia.
Se dividíssemos os dois campos de maneira drástica,
eu mesmo não saberia de que lado me colocar.

Giorgio Agamben

O que torna um poema um poema,

Saber que o poema nasce no mundo e não no poeta, o mundo se expande porque ele é rachado, poroso e como tudo o que é rachado ele elabora aberturas para o além-dentro de si, se a atenção é finíssima como uma flecha-agulha e fura as películas do eu, ela também expande os contornos da linguagem até as nascentes também finíssimas do poema que já está e sempre esteve num *lá* que se manifesta ao dobrarmos a língua para *o que é fora dos limites do eu*, onde ele se fragmenta e até se estilhaça tensionando a linguagem. **É aí que ao perdermos um pouco o contorno, o poema nos encontra**, ele nasce nas bordas tensionadas da língua nas fontes do pensar para fora e também através da imagem que na maior parte das vezes já é um pensamento do mundo se deslocando para o poético que é sua fonte de contorno, *o mundo como sabe quem sente em profundidade ganha contornos de sonho quando abrimos mão de nosso* *contorno*. Quando digo que nasce no mundo quero dizer que nasce do lado de fora da língua, do lado de fora da língua onde estão as imagens *que podem ser re e desnomeadas pelas fontes do pensar e do lado de dentro da não-palavra que é o principal halo da miríade do sentir*. Podemos dizer que a contemplação do mundo é um dos acessos para o sentir em profundidade ou sem palavras, este sem aqui já seria como 'tocar na pele da não palavra', nas dobras da não-palavra, *quando estas dobras se tocam nasce o poema na direção oposta ao nascimento do poeta*, o poema nasce contra o poeta, quero dizer, como resultado da amizade com o acontecer do mundo que costura em nosso corpo a sensação desse acontecer para que nosso existir se torne impreciso e por isso mesmo também poroso, rachado e aberto. Um poema jamais é sobre você, mesmo quando por uma limitação ou necessidade há nele a narratividade de um eu. É sempre o efeito de uma expansão que gera a perda de um contorno discernível e por isso um poema é um acionador de um sistema de vida imanente, a poesia não é um sistema literário de apreensão, é um sistema de *ontologização do mundo por si mesmo*. Pelo poema o corpo se mundifica. O poeta é onde surge a necessidade de realizar como pensamento este sentir fora das palavras, em outro momento, quando pensamos por imagens 'tensionamos e deslocamos' as fontes da língua e da linguagem, e nestas fontes não há nenhum eu, há apenas o acontecimento e a fidelidade a ele que é a fidelidade ao poema, ao *pré-sentir do poema* que nada mais é do que a realização na língua/linguagem do sentir que há neste pré como um pensamento cuja origem raramente é o eu do poeta, quase sempre a origem é um pensamento do interior do corpo, ou seja, do mundo, que aqui não está em operação, uma separação, uma dicotomia mas a expansão de uma voz ambivalente que sempre esteve fora do eu e da qual o poema costuma ser apenas o eco invertido. O processo de percepção e de costura desta voz não difere do processo de costura do corpo no corpo, obviamente até que se visite esse clarão não se tem o susto da consciência que comprova que no corpo jamais houve um eu, que o corpo sempre foi o imã, tanto do poema quanto do mundo ou a fonte magnética do poema. Obviamente a costura do corpo no corpo também é costura do mundo no mundo efetuada pelo próprio mundo, já que é ele quem escreve os poemas e os nascimentos.

Vamos tentar então elaborar alguns conceitos com a percepção nítida se possível da não-separação entre teoria e prática.

O sentir sem palavras poderemos chamar de **pré-sentir.**

Pré-sentir a extensão do corpo que é o mundo, e o que nos torna capazes de pré-sentir o mundo como fonte do poema?

Vou propor no lugar de uma resposta um exercício:

Pegue um caderno que poderemos chamar de 'Diário das visões da natureza' ou *Diário natural* e anote nele todos os movimentos da natureza ao seu redor. É essencial que estes movimentos sejam longamente vistos em uma clareira de tempo, aliás **sem clareiras de tempo não há poema**, ele é geralmente um efeito das clareiras ou dos relâmpagos de não-tempo. A natureza precisa ser vista como se fosse uma pessoa fora da pessoa... **Não é bom alimentarmos uma visão excludente a partir do estranhamento porque ele já é um entranhamento, é na visão da natureza como sobrenatureza que o pré-sentir do poema nasce.** Neste mesmo caderno iremos experienciar a contemplação do mundo dentro de uma não intencionalidade, é um caderno que existe apenas para criar em nós a memória impessoal do acontecer do mundo. E por que digo impessoal? Porque nele você não vai assinar, nem colocar nada sobre você, também nenhuma menção ao tempo cronológico, nenhuma data, nenhuma hora, é uma escrita de 'anjo que registra', uma escrita de registro dos movimentos da natureza, uma aproximação. Quando o caderno estiver cheio, releia grifando nele tudo o que você sentir que é um poema em si mesmo e que foi escrito sem a intenção de escrever um poema. É muito importante que não exista a intencionalidade, que seja apenas anotações frutos de uma visão aberta paradoxalmente, atenciosa e distraída ao mesmo tempo. Eis um poema.

O eu do poema é um outro,

Chamado 'vários' assim como o mundo revelado pelo poema é um outro para além da palavra 'real', trata-se mais de revelação e desvelamento do que de iluminação. Da percepção de camadas de transe na contemplação do mundo. O poema se inicia, mas não acontece apenas nestas instâncias do transe (transporte e deslocamento) do eu para fora do eu e de fora do eu para o 'vários'. O que vamos chamar de *campos do lado de fora da identidade*, que é como poetas fogem da identidade como pássaros da gaiola. É uma escolha entre seguir as marcas ou seguir os sinais. Talvez por isso o poema se escreva quando saímos da frente dele e não quando tentamos controlar seu fluxo. A natureza não pensa por esquemas e o poeta também não. Está mais do que revelado inclusive antes do nosso nascimento que a transposição do eu para o vários abre as visões de diferenciação e variação da experiência que é antecedida pela sensação de "desaparição do eu" como quando o corredor desaparece e existe apenas o acontecimento da corrida, mas com o ato do poema é em uma chave *de enorme lentidão por dentro e grande delicadeza por fora*, como se o poema já estivesse escrito pelo lado de fora da língua, **daí que o pré-sentir o poema é mais importante do que o assinar o poema**, por um processo de revelação e desaparecimento sutil dentro do fluxo escreve-se no fundo um único e longo poema fragmentado em variações da experiência do acontecer ao mesmo tempo que o mundo e cada variação revela um eu fora do eu na direção de um sentir outros mundos dentro deste pré que é vasto e sem nome.

O próximo exercício que irei propor é com uma vela e um espelho, observar o próprio rosto até que ele mude por efeito daquilo que chamamos ilusão de ótica que é tão grande que abrange nossa própria noção de realidade.

Talvez a realidade seja uma ilusão de ótica. Descrever as mudanças *como se fossem outros eus, ou seja, projetar alteridade onde ela realmente começa*. Nosso rosto existe para receber outros rostos e para a mutação e variedade das experiências dos encontros similares a visão da ilusão de ótica no espelho.

Como dar voz para a/o poeta que vive em nós

Por dar voz entendamos doar a voz, entregar a voz, mutar a voz, dar, doar e mudar são sinônimos para o/a poeta. Emprestar a voz é um primeiro estágio do nascimento do poeta em nós. Doar a voz por exemplo para coisas mudas é o segundo estágio, é uma alegria no transe da poesia tomar o partido das coisas em detrimento do partido de si mesmo, que só tem sentido maior na abertura, no estilhaçamento, quanto menos eu, mais vozes e mais poesia se revelam para nós. Conjugar no lugar do eu um si mesmo que é repleto de não-eus e da rostidade das coisas e que age através do mundo que atende por vários.

A alma do poema e a
alma das palavras

Por alma podemos entender os universais, os fios que tornam possível a amizade de uma coisa com outra, as metáforas que, inclusive, trabalham para a materialidade destes fios. Poetas são costureiros e costureiras tanto do mundo no mundo quanto do corpo no corpo, quanto do si mesmo nos nãos-eus, e do tempo no não-tempo, costureiros e costureiras de clareiras da revelação dos fios, estamos mais tempo sendo os fios (nos sonhos, por exemplo) do que acontecendo como eus separados. A poesia inaugura uma política da imanência.

Teoria do poema como um campo híbrido

O silêncio existe para afirmar o mundo, desvelar o mundo e as coisas, e revelar um halo a ser tocado pela palavra, nós escrevemos o halo, mesmo que você escute o poema palavra por palavra vinda do lado de fora ou o veja como um *vislumbre de sonho da própria linguagem*, em ambos os casos é o halo criado pelo silêncio que torna o indício do pensamento do poema visível. O pensamento do poema não é apenas o pensamento do autor ou da autora do poema, esse pensamento de autor ou autora geralmente parte de um ato de lapidação, *é o que vem depois do pensamento do poema*. Para uma ecologia do pensamento do poema deve-se abrir mão internamente da ideia de uma autoria, de um autor, porque sua assinatura é apenas algo simbólico que internamente significa uma pétala, uma folha da assinatura do mundo. A lapidação é a segunda fase da construção do poema, a primeira fase é a arquitetura, que vem de fora, e a segunda é a música engendrada por dentro dos órgãos sem o eu. A lapidação é resultado de uma mistura da interioridade da poeta/do poeta com as coisas, ou seja, com o mundo que tem como destinação a criação da música hibrida do pensamento da memória do mundo com o pensamento da memória pessoal. A memória do mundo cria em nós um saber intuitivo impessoal que dialoga com o pensamento dos órgãos sem eu, com o nosso inconsciente. O poema é feito quase em sua totalidade de uma certa memória do futuro dele mesmo que é um halo dessa energia híbrida. Digo memória do futuro porque ele está pronto antes de ser escrito, desde que saibamos sair da frente do poema, *ele é o resultado de uma ontologia das misturas* inclusive gerando uma indiscernibilidade entre o 'ninguém' do mundo que é uma destinação óbvia para o eu do poeta, da poeta e o 'quem' do contorno que assina que está francamente em oposição ao poema e é dissolvido por ele, de certa forma gerando o estilhaçamento da aura, mas não a perda do contorno.

Destino é o que nos acontece, e uma vez que há uma aceitação daquilo que nos acontece, começa a destinação que é 'o que fazemos com aquilo que nos acontece', **o poema é destino,** ele nos acontece, mas como ele é a escrita do halo e não da coisa, o desenho da coisa, não é possível ao contorno que somos acontecer apenas através do poema, ou o mundo acontece ou nós acontecemos, daí que o poema anuncia uma mistura, um hibridismo onde o eu recua para fora, se afasta para mais *perto, para que o halo das coisas dobre e costure o espaço interior ao tempo exterior e o tempo exterior ao espaço interior.* O poema é a agulha do mundo que costura estes fios, trata-se, na maior parte do tempo, de sermos os fios, de desvelarmos, desenovelarmos os fios do nosso contorno no mundo, e na maioria dos casos, no processo do poema perdermos o contorno para depois costurarmos de novo o corpo no corpo e o mundo no mundo através da linguagem e não apenas dentro dela. Recuperamos um contorno indiscernível graças ao poema. A destinação da linguagem poética é a música das costuras, das misturas que no poema são geradoras de um contorno indiscernível e na psicanálise de uma discernibilidade do contorno, obviamente a evolução da psicanálise é o poema.

Façamos uma distinção entre o silêncio que nasce da contemplação ativa do mundo que é como aquele movimento do rio chamado REBOJO e a contemplação passiva do mundo que é como O ENCONTRO DA NUVEM E DA NEBLINA NO ALTO DA SERRA, em um há um contorno dentro do contorno criando o pensamento do poema que é anterior ao poema e em outro há a sensação do poema derivada da mistura, da perda de contorno pessoal. Em um está a contemplação passiva do mundo, o pensamento do poema que nasce da imagem, que exige um pensar por imagens, e o outro acontece pela tensão entre a memória do presente e a língua que é o corpo da memória.

Como perder o contorno sem perder a presença?

O que seria a voz poética? Reconhecemos a voz do halo do rosto de cada coisa como nossa, mas não reconhecemos nossa voz como nossa, o reconhecimento da voz da alteridade envolve o irreconhecimento da própria voz? Sim, porque nossa voz é uma emanação do halo de nossa presença e acontece como a linha inicial do nosso contorno. O halo se movimenta por projeções da linguagem na alteridade indiscernível e até nas alteridades ininteligíveis, e é uma camada arquitetônica do poema imprescindível e também do poema que vem. Na contemplação passiva do mundo há um 'oceano que fala em mim e não através do eu' e na contemplação ativa do mundo 'há o oceano, mas eu não estou presente como 'mim' e sim como 'uma abertura' para as tensões entre oceano e a linguagem em si. A voz poética não é a voz lírica? Não, a voz lírica é o resultado da mistura das memórias do mundo no corpo com as memórias pessoais, como digo acima. A voz poética é impessoal. Na comunicação comum, coloquial, há o trânsito da voz dentro da intencionalidade, da comunicação, e no caso da voz poética há o transe não intencional entre a interioridade e a exterioridade do mundo. A voz poética não se opõe a voz lírica porque a voz lírica a completa no sentido em que ela é quem opera a fase musical de lapidação do poema.

A fase arquitetônica: contemplação passiva do mundo ou contemplação ativa do mundo que engendram ou a sensação do poema ou a tensão entre a língua e as imagens. O escrever vem depois desse cristal fora da palavra ou dessa finíssima teia orvalhada ligando por tensionamentos, estranhamentos mesmo, a palavra a sensações fora dela.

Daí que a voz lírica não é a única voz do poeta, mas é a voz que a tradição poética associa com intencionalidade do poema que pela tradição está inicialmente ligado a música. Poesia rimada consequentemente é poesia cujo ritmo é marcado pela intenção ou forma musical. Há também os ritmos do pensamento que engendram uma música interna dentro do poema que não se relaciona com a pulsação e os ritmos musicais, mas com as noções de uma correspondência entre mundo, pensamento e interioridade. Por mundo podemos entender aquilo que é quando nós não somos e aquilo que é quando também somos, dependendo do tipo de contemplação que se realiza enquanto se pratica a presença, com ou sem o contorno (identidade, reconhecimento) paradoxalmente, na medida em que estranhamos nosso contorno e nos entranhamos no mundo, cresce em nós a voz poética, como um modo de desatar o nó de sonho.

Os exercícios que proponho são: reservar um dia para o silêncio e neste dia mentalmente realizar uma autoentrevista, mas não escrever nada, apenas guardar as perguntas e as respostas dentro da mente e no dia seguinte repetir a autoentrevista, desta vez por escrito, assim que acordar, e se possível misturada a memória do sonho, ou seja, escrever tudo de modo a entrelaçar as memórias da autoentrevista com as do sonho, enquanto refaz a auto entrevista por escrito.

No terceiro dia transformar este texto em um poema.

Converter os sonhos em poemas como exercício do pensamento de estranhamento e do pensamento das imagens autônomas em tensão com o contorno, porque no sonho também acontecem as misturas fora do contorno. Aliás, os processos de composição do poema são similares aos da memória do sonho, mas há uma inversão, a poeta e o poeta atravessam a frase em um caminho inverso a da sonhadora e do sonhador.

É no sonho que se dá uma epistemologia do poema e fora dele o poema opera por um impreciso esplendor dos contrários.

A Concisão intensifica o pensamento do poema, aquilo que 'é dito' através dele e não apenas aquilo que está escrito nele. Às vezes chega-se a concisão pela variação das perspectivas. Poderíamos dizer que a concisão é um ato de desvelamento daquilo que o poema está dizendo? Sim. E também o ato de composição do poema onde aparece com mais nitidez aquilo que 'o mundo está dizendo nele', por mundo entendemos 'o lado de fora' e também o não eu, esse não não-eu é de oposição, é aquilo que o William Blake chama de 'a verdadeira amizade', por outro lado, a concisão geralmente só é possível quando saímos de uma noção comum do tempo e entramos na duração, o que pode levar dias ou meses com o poema guardado, quieto no 'forno do silêncio' e do distanciamento dentro desse 'não'.

Sentimento e razão do poema

O sentimento tem sua força na inauguração do estranhamento-entranhamento, quando algo realmente entra em nós, entra para mover o temporal dos sentimentos. Mas a poesia trabalha com o magma, ou seja, com as sensações como o céu desse temporal. O mundo nos chega como sensação e é reduzido a sentido e razão, dizia William Blake. A sensação do mundo pode ser escrita através do sentimento do mundo? Sim, se for em uma chave de misturas e deslocamentos ou metáforas. A metáfora é precisamente onde acontece uma dobra e um encontro entre a sensação, o sentimento e a razão, e se a/o poeta for uma testemunha e não o protagonista deste encontro, melhor para o poema. Como exercício vocês podem criar uma tabela onde cada sentimento ou emoção corresponde a um elemento da natureza ou objeto, como uma espécie de base para um catálogo pessoal de metáforas.

Os sentimentos em sua expressão poética dependem muito desse catálogo em que a maioria das poetas e dos poetas tem em seus inconscientes, a razão se satisfaz com sinônimos, e é bom ter um dicionário de sinônimos e um bom dicionário da língua que será transfigurada para alimentar os anjos frios da razão. As sensações, os sentimentos e a razão servem ao poema como servem ao mundo *desobjetivado* ou como instâncias da nudez, e a maior nudez é se despir do eu ou da intencionalidade.

Enredo e narrativa na poesia

Pode parecer paradoxal falar em enredo e narratividade no poema, talvez a mais nobre função do eu dentro da poeticidade seja como motivo para a criação de vozes dentro do poema ao emprestar sua voz, sensações e razão para figuras do mundo, figuras de alteridade. Um poema ainda assim seria *antibiográfico*, como escrita da vida e não da nossa vida ou da vida de alguém, o poema serve mais a BIOS, a vida da vida que há em nós em constante diálogo com a natureza, logo esta narrativa seria criada para atravessar as marcas e exaltar certos sinais dessa vida de uma vida, nesse caso a vida de uma vida *é o entrelaçamento imanente entre nós, o em torno e o fundo do oceano-floresta do ser cujos acessos estão fora dele*, o poema é um meio de transporte e de transe para atravessarmos a narratividade em busca das grandes sensações e dos sentimentos vastos e sem nome que compõe a natureza-mundo.

A teoria do ritmo: música involuntária e angelitude animal

O ritmo do poema está fora dele e quando é encontrado inaugura o estilo que é muito parecido com o mecanismo de um surto ou de um transe, o ritmo é construído apenas em parte dentro do poema porque ele é um atributo do uso da intuição como um determinante das direções do pensamento. A intuição leva a uma *objetividade da objetividade* em relação ao poema. Poderíamos dizer que em um processo ideal o poema acontece 'atrás do pensamento' vindo do mundo, das coisas, e é filtrado pelo pensamento da intuição e após isso escrito. O ritmo do poema é a música interior do mundo atravessando a linguagem que só pode ser sentida através do poema que não é uma forma, mas um estado não exclusivo. Aliás os estados não exclusivos podem ser expandidos pelo poema. O mais importante é saber que o poema se escreve através do ritmo encadeado pelas correspondências. A música interior do poema é a música exterior dos ritmos secretos do mundo e a revelação destes ritmos através do diálogo entre as imagens e o pensamento que engendra a necessidade da metáfora. Podemos dizer que o poema *é um filme e um sonho ao mesmo tempo*, mas nossa mente só percebe o ritmo de um ou de outro quando intensificamos o diálogo através de um grande repertório de imagens e experiências (pensamento como resultado ou consequência das experiências, mas principalmente pensamento como memória das sensações).

Adendos

1.

Conversa com Jack Kerouac

*Inspirado, roubado e transfigurado em excertos do texto *Crença e técnica na ficção moderna* de Jack Kerouac, traduzido por Sônia Coutinho, publicado na Revista *Ficções* número 6, novembro/2000.

K: As visões indizíveis do indivíduo.

MA: *Então a pessoa que escreve deve 'pensar por imagens', procurar ser guiada por visões?*

JK: Sim, submissa a tudo, aberta, atenta.

MA: *Isso não a tornaria limitada ao seu próprio círculo de significados?*

JK: Duvido, qualquer coisa que ela sentir encontrará sua própria forma, ela pode ir fundo o quanto quiser, escrever ilimitadamente o que desejar do fundo de sua cabeça, os círculos se expandem sozinhos, como nos sonhos.

MA: *Escrever para você é como 'sonhar acordado'?*

JK: Também, mas de um modo desinteressado e concentrado, como no zen, o ideal é trabalhar a partir da medula da atenção, nadando no mar da linguagem e submergir depois em extática concentração para sonhar com o objeto à sua frente. É uma luta para esboçar o fluxo que já existe intacto na mente.

MA: *Que tipo de livro surgirá disso?*

JK: Livros-filmes capazes de contar a história verdadeira do mundo em monólogos interiores, não se deve pensar nas palavras, o importante é parar e ver melhor o quadro e compor com ele, de forma selvagem, pura, tudo vindo do fundo, em louvor da Pessoa na solidão desolada e desumana, quanto mais louco for o processo melhor!

MA: Para *finalizar o que você diria para essa pessoa que está começando a escrever hoje?*

JK: Ame sua vida, faça a direção de filmes Terrestres, Patrocinados e Santificados no Céu. Elimine as inibições literárias, gramaticais e sintáticas. Acredite no contorno sagrado da vida.

2.
Anti-tradução de excertos da Carta ao Hierofante de Rimbaud

Em alguma prosa estará o futuro da poesia: eis, assim a poesia antiga que conduz até a grega, elogio da vida livre no meio da escravidão, em busca da harmonia oculta. E dos gregos chegamos ao ideal romântico: a idade média: há os beletristas, escravos do verso de XXXX até XXXXX é tudo prosa ruim rimada escrita por máquinas etéreas, joguinhos, esquemas: a glória de gerações e gerações de idiotas: há Racine, o puro, o potente, o enorme. Se tivessem soprado suas rimas, esse bobão divino seria hoje tão desconhecido quanto o verdadeiro autor de qualquer 'origem' ou 'depois' de Racine, só cinzas e bolor por mais dois mil anos. Chega! Nem jogos, nem paradoxos! Uma razão nítida nos inspira mais convicções sobre isso do que a fúria inútil dos jovens ativistas. O que sobra? Liberdade para todos poderem odiar os antigos, eis onde estamos, não há mais fundo. Eu é um outro (..............). Isso é mais do que real, assistimos ao nascimento do nosso pensamento, o eu do olho, o eu que ouve (.......). Se estes velhos estúpidos não tivessem vestido no eu um falso sentido, não seria necessário varrer estes milhões de cadáveres... Tantos cegos chamando a si mesmos de autores da obra. Na Grécia, ao menos versos e liras forneciam o ritmo para a ação. Música e rimas são jogos, sonolências. O estudo do passado deles encanta os curiosos diletantes. Muitos se alegram em renovar estas velharias, foi para eles que a inteligência universal jogou suas ideias no abismo. Como era de se esperar, tais pessoas colhiam uma parte destes frutos... A ação escrevia os livros, esse é o caminho! A humanidade trabalhando em vigília: ainda não acordada ou na grande plenitude do sonhar de pé. Funcionários, escritores, autores, criadores, poetas, isso nunca existiu! A primeira lição para quem quer ser poeta é conhecer seu ser por inteiro, procurar sua alma, saber que ela deve prevalecer. É algo simples, porque em todos os cérebros há um desenvolvimento natural para fora dos nomes.

3.

Nota final

O poema retorna contranatural como o riso dos mortos, chamando rente ao vão.

O poema devolve ao mundo as palavras que vieram do mundo.

O poema é uma REANIMALIZAÇÃO da linguagem.

O sonho acordado acessível *através da janela de ônibus da sua consciência* não é suficiente, por isso a migração para o pensamento dos órgãos, o inconsciente que é parte das florestas e não apenas 'do nosso corpo' precisa florescer e espalhar seu pólen que nada tem a ver com o nosso eu porque é aquilo que se desprende dele como conhecimento amoroso do mundo.

Posfácio

O escuro que nos habita

> "Mesmo que voltem as costas às minhas
> palavras de fogo, não pararei de gritar."
>
> **Carlos de Assumpção**

Afastar-se para perto: ficção-vida é uma espécie de meteoro inquieto que ronda incansável por esta galáxia da linguagem em uma aventura arriscada de experimentação dos limites: furar fronteiras e abrir litorais. Marcelo Ariel, nosso cometa negro, imagem que ele evoca no livro, nos oferece com seus escritos uma errância com método. Este livro nos mostra a radicalidade do que é ser um leitor. Ler como um convite a sideração, ler para acionar o estranho que constitui a todos, ler como um empuxo ao sonho já que o texto pulsa sempre em acordes dissonantes. São muitos os mapas de viagem dos inúmeros textos e autores que vêm conversar com ele e, em muitos momentos, lembrei de um poema de Rainer Maria Rilke, *O leitor*. Mais precisamente do fragmento: "... crianças que brincam sozinhas e súbito descobrem algo a esmo; mas o rosto, refeito em suas linhas, nunca mais será o mesmo." Marcelo expande um pensamento sobre o que é o corpo da escrita. Ele pensa o corpo dentro de uma lógica de descentramento do mundo e ativa com precisão os espaços do periférico, nos mostrando que é nas margens que deveríamos pensar o centro, dissolvendo assim as lógicas do poder que instituem com violência as hierarquias de valor. Em determinado momento escreve que "no lugar do centro poderíamos cultivar o vazio pragmático das insônias." Assim, insones, podemos perceber um pouco mais os contornos da noite. Que a noite nos acorde, enquanto ainda é tempo, pois é impossível dormir com estes desequilíbrios do mundo. Este livro nos joga na cara, com força e delicadeza, o obscuro que nos habita e que tantas vezes recusamos ver. Como escreveu Gilles Deleuze, "sei que tenho um corpo porque há o obscuro em mim". O fato do livro se abrir com uma dedicatória à criança que tantas vezes guardamos sufocada dentro de nós já indica a topologia moebiana do título que escolheu para estes escritos. *Afastar-se para perto* dissolve um pensamento raso sobre o que entendemos por espaço. Neste ponto, evocar Milton Santos é fundamental. Ele lembra que não podemos pensar o conceito de espaço sem pensarmos nos sistemas de ações, portanto, faz entrar em cena os atos que redesenham o contorno do mundo. Esta é a geografia inquieta que ainda vamos ter que acionar nas cartografias do mundo.

Temos nas mãos um livro que respira ofegante pois os textos nos levam para muitos lugares em uma associação livre que lembra muito o fluxo onírico. Portanto, precisamos da delicadeza de nos aproximar com calma e auscultar o coração utópico que pulsa ali dentro. Utopia como um movimento de contrafluxo ao senso comum, utopia como um direito a imaginar outras configurações de mundo, utopia como um ainda não, como propõe Ernst Bloch em seu *Princípio Esperança*. Marcelo Ariel aciona palavras nômades no mundo de linguagem que não para de produzir refugiados. Está atento aos que foram jogados para fora. Mostra-nos que as invenções potentes da linguagem vêm sempre deste fora. O retorno do recalcado sempre ressurge inquieto nas brechas da linguagem em uma enxurrada enigmática, confusa, áspera impondo ao mundo os novos significantes que tem a potência de reinstaurar o inédito. Aproximo muito este livro de um poema de John Berger, *Palavras Migrantes*: os sotaques da língua materna enterrados à espera que algum andarilho venha recuperá-la em uma canção de ninar. Nascer novamente, portanto, no encontro com as músicas perdidas e enterradas em algum buraco. E como estamos falando de nascimento é importante lembrar que este livro é uma continuidade de *Nascer é um incêndio ao contrário*, que Ariel publicou em 2020.

Fico imaginando o livro de Ariel sendo lançado no círculo de areia do trabalho da artista libanesa Mona Hatoum *Self erasing drawing*, implodindo as engrenagens do esquecimento. Mona Hatoum concebe um trabalho evidenciando a voracidade dos apagamentos da história. Ela constrói um mecanismo com um pequeno motor e duas hastes, como ponteiros de um relógio, em uma caixa redonda repleta de areia. Uma das hastes vem fazendo inscrições na areia e a outra vem logo depois apagando os traços recém feitos. Diante deste trabalho sempre me pergunto como parar esta máquina alimentada pelo inconsciente colonial e pelo racismo que contamina a alma de nosso país e que Ariel nomeia em determinado momento como "a flor do vazio".

De certa forma este é um livro-memorial, pois nas ficções que nos apresenta lemos páginas e páginas da história do Brasil. Ariel é um poeta intenso, múltiplo, inquieto, que tem sede, muita sede. Como evoca na abertura do livro *A vida de Clarice Lispector: novela breve* (2022), "agora sou tudo, tudo o que explode, tudo o que racha, tudo o que fende e sinto um novo tipo de sede(...)" Se por um lado a sede é atávica, incontornável e urgente, também evidencia a sua dimensão de enigma sobre a voz que precisamos acionar para saciar nossa sede. Aqui Ariel convoca seus interlocutores nas tantas leituras que transita já que o *enigma é uma espécie de borda do diálogo* em uma citação que faz de seu amigo Gilberto Mendes, grande compositor brasileiro, pioneiro na música aleatória e concreta no Brasil, autor de pérolas musicais como *Ulysses em Copacabana surfando com James Joyce e Dorothy Lamour*. Esta é uma melodia no tom de *Afastar-se para perto*. Quais as vozes que irão saciar nossa sede? Marcelo propõe algumas, e saímos da leitura com centenas de anotações se quisermos continuar dissecando o enigma de nossa sede. Em vários momentos lembrei um poema de Duan Kissonde intitulado *Crioléu* que resume bem o que estou tentando esboçar neste breve posfácio. Anoto aqui um fragmento: "híbridas palavras/jecas/plano de voo de diásporas dispersas/pela página em branco/ negras da cor da terra/móbiles sem paradeiro/Quem são vocês e que vozes são estas?..."

Que vozes são estas? Tive a chance de um encontro com o Marcelo Ariel em um final de tarde de domingo em São Paulo, ocasião em que ele comentou comigo do projeto deste livro. Era a primeira vez que nos encontrávamos pessoalmente e de imediato pude perceber a porosidade utópica do seu pensamento e a aposta que faz no princípio, que evoca em seu livro *O mundo ganha contornos de sonho quando abrimos mão de nosso contorno*.

E subitamente estávamos ali, juntos, diante de indígenas guaranis com suas canções em protesto contra o marco temporal. Nossa conversa, portanto, se iniciou em uma escuta destas outras vozes. Foi comovente entrarmos depois em uma dança circular, um circare vivo reunindo todos que ali estavam, e assim o corpo pode se fazer discurso. Um devir indígena, um devir-Exu como Ariel evoca em seu livro *A dança de dez mil anos de Thelonious Monk, que contorna pelo alto.*

Marcelo Ariel aciona um pensamento contra identidades mostrando as armadilhas da lógica dos espelhos: eu/eu. Lembra-nos que "a identidade é como uma película ficcional. A questão é se perdemos a alteridade de vista, perdemos o mundo." Assim, em vários momentos da leitura nos perguntamos: como então acionar este futuro que ainda não fomos capazes de inventar, pois reiteramos sempre as compulsões de repetições que voltam ao mesmo lugar. Como anotou Franz Kafka em seus diários, em fevereiro de 1911 em uma pequena narrativa, *O mundo citadino,* "Por favor, pai, deixe o futuro continuar dormindo como ele merece. Pois se o acordamos antes do tempo, o que conseguimos é um presente sonolento."

Afastar-se para perto anuncia um tempo do despertar, acordar para continuar sonhando. Contudo, como não se pode atravessar um deserto sozinho, convoca as leitoras e os leitores a se juntarem nesta travessia. A terceira parte deste livro, *A prática do poema como um arco entre a terra e o céu* propõe alguns mapas para esta travessia: "o nosso nascimento foi um poema do mundo e podemos continuar esse poema devolvendo ao mundo suas próprias palavras..." Estamos diante de um livro que aciona muitos furos no futuro.

Edson Luiz André de Sousa

Este livro foi composto em Minion Pro
e impresso em papel pólen bold 90 g/m²,
em janeiro de 2024.